LES

TAÏ-PINGS

PAR

Armand THE-RULE

« La politique, c'est l'amour... du
bien des autres »

1869

—

Prix : 2 Francs

—

Chez tous les Libraires

ROUEN

IMPRIMERIE DE E. CAGNIARD

Rues de l'Impératrice, 88, et des Basnage, 5.

1869

LES TAÏ-PINGS

LES

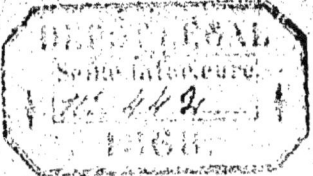

TAÏ-PINGS

PAR

Armand THE-RULE

« La politique, c'est l'amour... du
bien des autres »

1869

—

Prix : 2 Francs

—

Chez tous les Libraires

———

ROUEN

IMPRIMERIE DE E. CAGNIARD

Rues de l'Impératrice, 88, et des Basnage, 5.
1869

LES TAÏ-PINGS

PRÉFACE

1.

Vous qui lisez ces vers, aimez-vous la jeunesse ?
Votre bras frémit-il quand un bras féminin
Plus blanc que ce papier, plus doux que le satin
    Vient l'effleurer d'une caresse ?
      Oui, — c'est à vous que je m'adresse.

. . . .

Aimez-vous jouer le whist, et lorsqu'au coin du feu
Votre interlocuteur a cheveux blonds, œil bleu,
Quand il s'appelle Emma, Lucie, ou... trois étoiles
Lui parlez-vous du cours des cotons ou du drap ?
    Dam ! — cher monsieur, restons-en là,
     Retournez vite auner vos toiles.

. . . .

Aimez-vous notre France? avez-vous tressailli
Quand on vous a conté ses grands jours et ses gloires?
Pleurez-vous au récit des lugubres histoires?
Haïssez-vous l'Anglais, non l'Anglais d'aujourd'hui,
Ce commis-voyageur n'a rien qui me déplaise,
Mais l'Anglais d'autrefois, de Pitt, de Wellington?
— Haïr, monsieur l'auteur, c'est de bien mauvais ton!
— Je vais, lecteur, d'un mot, vous remettre à votre aise:
Je déteste l'Anglais, mais j'adore l'Anglaise.
Sommes-nous pas d'accord!
                                          — Sans doute!
                                                    — Ecoutez donc!

II.

MIN-THO.

Il est un lieu charmant, dans une île lointaine
Où j'ai beaucoup pleuré.—Mais douce était ma peine :
J'aimais, j'étais aimé. — Du moins, je le croyais;
Ces choses-là, madame, on n'en est sûr jamais.
Un soir, il m'en souvient, une fraîcheur exquise
Remplissait l'air, ému d'un souffle de la brise ;
Ma créole aux yeux noirs, rêveuse en son hamac,
Contemplait l'Océan, calme comme un grand lac.
Au loin la bamboula faisait bondir les nègres
Dont les cris de plaisir couraient dans les ténèbres,
Et la lune oscillait lentement dans les cieux
Avec le flot doré des astres radieux,
Partout le mouvement et l'éclat de la vie,
C'était la Martinique, une terre bénie.

Un seul être, couché sur le roc, près du bord,
Gardait depuis longtemps un silence de mort.
Il avait traîné là son vieux corps avec peine,
Min-tho ! Ce n'était plus une figure humaine.
Les yeux las de pleurer, les muscles se crispant
Sous la contraction d'un sanglot incessant
S'étaient annihilés sur ce triste visage;
Son dos s'était courbé sous le poids du servage,
La maladie, alors, tombant sur ce maudit,
A cet horrible état l'avait enfin réduit
Que son maître, un colon entre tous économe,
Sachant tirer parti du moindre débri d'homme,
Son maître qui l'avait payé dix-huit cents francs,
Ne voulu plus le voir, le chassa de ses champs ;
Et Min-tho mendiait, et des mains pitoyables
Jetaient un peu de pain à ces dents misérables ;
Et moi, je me disais en le voyant de loin :
Peut-être qu'un grand cœur agonise en ce coin ?

Ce jour-là, je voulus joindre à mon humble obole
Le tribut consolant d'une bonne parole,
Je m'approchai de lui.

Sur le bord incliné,

Min-tho par l'Océan me semblait fasciné ;

Le rayon presqu'éteint de son regard oblique

Sur le soleil couchant errait mélancolique,

Et sa voix, faible son péniblement produit,

Avec un charme étrange ondulait dans la nuit.

Min-tho ne souffre plus ce soir, parce qu'il rêve,

Ce soleil étranger, ces flots et cette grève

Tout cela vainement m'atteste mon malheur,

Un souvenir joyeux tressaille en mon vieux cœur.

J'ai vingt ans, je revois la ville impériale

Avec ses murs épais et ses drapeaux flottants,

Et moi, je suis monté sur ma blanche cavale,

Et mon bonnet de pourpre a deux boutons brillants !

J'ai depuis deux grands mois devant la *cour des sages*

Sous le commandement des doctes personnages

Tracé sur une planche un millier de versets.

De nos grands écrivains je sais tous les secrets.

Je puis, en variant la forme de mes lettres,

Ecrire un même mot, comme font seuls les maitres,

De cinq ou six façons. J'ai reçu depuis peu
Une pièce de soie énorme et couleur feu
Dans laquelle il est dit que l'*esprit de nos pères,*
Content de mes efforts m'a transmis ses lumières.
Un vieux bonze à qui j'ai donné quatre taëls
M'a prédit que j'aurais des bonheurs éternels
Et m'a recommandé de ne pas trop attendre
Pour avoir des enfants dignes de me comprendre.
Les humbles gens du bourg où je suis revenu
Et de qui mon triomphe est aujourd'hui connu,
Me disent en voyant ma démarche rapide :
« Salut, beau bachelier, nous savons qui te guide,
« C'est le joli dieu Frah, qui préside à l'amour.
« La science a fini, la jeunesse a son tour,
« Ta belle curieuse attend ton arrivée.
« Vois-tu trembler là-bas, à demi soulevée
« La feuille de papier qui cache ses grands yeux ? »
— Indiscrets, babillards ! — disais-je, et radieux
Je saluais de loin l'adorable demeure.
J'avais quitté Péking avant la première heure,
J'étais las — je tremblais presqu'en touchant le seuil.
L'amour rend inquiet — je craignais son accueil.

Mais je franchis la dalle où j'aperçois tracée

La maxime « aimez-vous ! » si chère à Confutzée.

Un esclave empressé s'avance et me conduit,

De fastueux dessins tout le mur est enduit,

Je soulève en tremblant une riche tenture

La voilà devant moi, ma Neh-li noble et pure !

Avec ses cheveux noirs, je la revois encor,

Ses pieds mignons cachés dans des pantoufles d'or,

L'éventail enrichi d'images gracieuses

Occupe à tout moment ses mains capricieuses.

Quand elle m'aperçoit son regard enfantin

Prend pour me recevoir un éclat plus mutin

Et je tombe à genoux plein d'un trouble suprème

Et je lui dis tout bas : « Oh ! ma Neh-li, je t'aime ! »

Mais pourquoi rappeler tous ces bonheurs perdus,

Heures d'enivrement qui ne reviendront plus?

Eh bien, oui ! je prétends dans l'opprobre où j'expire,

A ce passé lointain emprunter un sourire !

Ces chants ne sont-ils pas aujourd'hui mon seul bien?

Oui, cet être par toi rejeté comme un chien,

O mon maître orgueilleux, conserve au fond de l'âme
Quelque chose de grand que le servage infâme
Ne détruira jamais. — C'est ton Dieu qui l'a dit :
Ayant beaucoup aimé, je ne suis pas maudit,
Ayant beaucoup aimé, quand le pauvre manœuvre
(La mort, lente à venir, faisant enfin son œuvre),
Par delà l'Océan, par delà l'univers
Ira se reposer dans les cieux entr'ouverts,
Tu lui tendras, Dieu bon, les tablettes sacrées
Et le pinceau divin, et mes mains déchirées
Par un labeur trop dur, sauront tracer encor
L'hymne de ma jeunesse en caractères d'or.
Je redirai ces jours d'ivresse sans mélange
Où Dieu m'apparaissait sous les traits de cet ange,
Où la terre semblait, trompeuse illusion,
Avec mon cœur ému bondir à l'unisson.
Je chanterai ces lieux, où l'âme transportée,
Dans le fond des jardins, sous la voûte écartée
D'un bois de hauts cyprès j'allais souvent m'asseoir.
Un étang près de là brillait comme un miroir.
Mon cœur, qui ressentait une volupté pure,
A son bonheur prochain conviait la nature.

Un jour elle sembla répondre à mon appel :
La surface de l'eau, blanche comme un beau ciel,
Se troubla tout-à-coup et jaillissant de l'onde
Une fleur entr'ouvrit sa corolle féconde
Pour jeter dans les airs des parfums amoureux.
Une autre à ses côtés, en bonds capricieux
Déroulait sa spirale. — Une secousse vive
Déchira le lien qui la tenait captive
Et le courant de l'eau l'unit à l'autre fleur.
Leurs tiges en contact ont frissonné d'ardeur,
Je les vois s'agiter, pourtant pas une brise
Ne vient rider le lac. Une senteur exquise
Des calices mêlés s'épanche à l'environ,
Parfum mystérieux qu'exale leur union.
Puis, tout-à-coup, les fleurs à ma vue étonnée
Rompirent pour jamais leur secrète hyménée.
L'une d'elle, flétrie, allait au cours de l'eau
Et passait dans l'instant du délire au tombeau.
L'autre fleur s'agita, replia sa corolle,
Aux profondeurs du lac redescendit soudain.
Et moi, le cœur serré, sans dire une parole,
Auprès de ma Neh-li, je me rendis enfin.

Comme la fleur des eaux j'ai connu cette ivresse,
J'ai possédé comme elle un trésor de tendresse ;
Comme elle aussi, j'allais pour une heure d'amour
Au fond d'un Océan me perdre sans retour !

III.

L'UNION.

A l'autel des cieux la flamme est allumée,
D'enivrantes senteurs la chambre est embaumée,
Il est l'heure, et bientôt le prêtre va venir
Et du lien sacré pour jamais nous unir.
J'ai là devant mes yeux tous les noms de mes pères
Tracés en lettres d'or sur des feuilles légères.
C'est le souffle du vent qui les fait onduler ;
Pourtant je crois sentir des frôlements étranges,
Les âmes des anciens en nombreuses phalanges
A l'entour de mon front, tristes semblent voler :
Ombres que je chéris que venez-vous me dire ?
Autour de votre fils quand tout semble sourire

Pourquoi promenez-vous vos esprits courroucés ?
De parfums et de fleurs n'avez-vous pas assez ?
Faut-il, comme en un jour de public sacrifice
Vous immoler encore une blanche génisse ?
Mais non, je vous comprends, la terre a tressailli,
J'entends le bruit lointain des coups de l'ennemi.
C'est la voix du canon ; sur notre vieille terre
L'Anglais a déchaîné les fureurs de la guerre.
Pour semer librement leur opium et la mort,
Ces marchands aujourd'hui, vont attaquer le port.

Peut-être, ô mes aïeux, vous venez pour me dire
Que ce n'est pas le temps d'un amoureux délire,
Qu'il faut aller combattre et chasser l'étranger ?
Je ne renonce pas à ma part du danger !
Mais laissez-moi finir l'œuvre de ma tendresse.
Laissez-moi savourer jusqu'au bout mon ivresse,
Donnez-moi jusqu'au soir. Avec plus de valeur
J'irai combattre alors pour mon nouveau bonheur.

Ils semblent se calmer ; comme un épais nuage
Le parfum monte au ciel — c'est un heureux présage !

Mais j'entends les accords des gongs retentissants
Se mêler dans la rue à de joyeux accents ;
Des esclaves, vêtus de longs habits de soie,
Autour de ma maison la foule se déploie.
C'est Neh-li qui paraît. — Le canon gronde en vain,
Je franchis les degrés, j'ouvre son palanquin ;
La voilà !... Telle encore je la vois dans mes rêves !
Quand le cœur est trop plein les paroles sont brèves
Je ne puis exprimer ce qui tressaille en moi,
Elle est pâle, les yeux agrandis par l'effroi :
« Min-tho, n'entends-tu pas ce tonnerre qui gronde?
« J'ai peur ! » O ma Neh-li, que m'importe le monde?
Nous allons être unis, je ne vois rien de plus. »
Pourtant l'air retentit de mille cris confus...
La foule, autour de nous, oscille et prend la fuite...
Neh-li s'évanouit — je m'élance au plus vite, ·
Je la saisis, je vole. — Au détour du chemin
J'aperçois des soldats les armes à la main,
Et ce sont des Anglais, ils ont des cheveux rouges.
Ils m'ont vu. « Stop ! Chinois, et la mort si tu bouges !»
Un groupe d'ennemis s'est élancé sur nous ;
Je combats, je supplie et je pleure à genoux :

« Hommes de l'occident, laissez vivre cet ange !
Sauvez ses petits pieds du contact de la fange.
Je paierai la rançon ! » Ils rient à mes accents ;
Je bondis, la fureur aveugle tous mes sens,
On me frappe... un nuage a passé sur ma vue
Et tout percé de coups, je tombe dans la rue.

IV.

L'OPIUM.

Quand je me réveillai, la nuit était profonde.
Couvert de sang, couché sur un grabat immonde,
J'interrogeai des yeux les murs de mon réduit :
Un homme était penché sur le bord de mon lit,
Il tenait un flambeau; j'ouvris en vain la bouche
Je ne pus exhaler qu'un soupir..., sur ma couche
Je retombai brisé. Lui, cet homme inconnu,
Toujours muet, riait d'un rire contenu,

Ses yeux étaient ouverts sans un rayon de vie,

Tel est un débauché qui revient d'une orgie.

Ce long ricanement plus triste qu'un sanglot

Du hoquet de l'ivresse était comme un écho. —

Enfin je pus râler quelques mots de prière...

Il se pencha plus bas, approcha sa lumière,

Et, d'une étrange voix, toujours en ricanant :

« Il paraît que tu tiens à vivre maintenant?

Quand je t'ai ramassé tantôt devant ma porte

J'espérais hériter de tes habits, qu'importe ?

Vivant tu paieras mieux — car, tu le sais, l'opium

Est devenu bien cher depuis l'Ultimatum !

Les pauvres gens n'ont plus de quoi payer leur rêve,

Le riche mandarin sur le marché l'enlève,

Et moi, je veux fumer, rêver, fumer toujours !... »

Je comprenais enfin cet ignoble discours,

J'avais devant les yeux un suppôt de ces vices

Qui, des marchands anglais, sont les tristes complices,

« Et Neh-li, murmurais-je en faisant un effort,

Par pitié, répondez, connaissez-vous son sort ?

— Neh-li ! je ne sais pas ce que tu veux me dire.

— C'est une jeune fille au radieux sourire,

Je voulais la sauver, quand un lâche forfait...
Doucement, du vainqueur, parlons mieux, s'il te plaît!
Je l'aime, moi, l'Anglais, malgré ses cheveux rouges,
Vainqueur de ce matin, dès ce soir dans nos bouges
Il transporte déjà son opium... frelaté,
Mais, dont jusqu'à présent, je me suis contenté
Car je suis philosophe.—Et puis ils sont bons princes,
S'ils peuvent s'emparer de deux ou trois provinces
Malgré le fils du ciel et tous ses fiers soldats,
Je sais un vrai Chinois qui ne s'en plaindra pas.
L'opium à bon marché! presque pour rien l'ivresse!
L'oubli de mes haillons, la grandeur, la richesse,
A mon premier appel entrant dans mon cerveau!
N'est-ce pas que c'est bon, n'est-ce pas que c'est beau?
Oui, je l'aime, l'Anglais. « Et son rire effroyable
Comme un spasme cruel tordait ce misérable.

— Mais Neh-li, l'as-tu vue?

                   —Elle est en un lieu sûr:
Elle aura de l'opium! Pour faire un ciel d'azur,
Je ne vois rien de mieux.—On l'a prise au passage;
J'ai vu le chef anglais la joindre à son bagage;

Elle criait un peu ; l'Anglais, homme de goût,
A travers son lorgnon la contemplait beaucoup.
Il l'a fait attacher avec sa part de prise ;
Puis, les rangs reformés, dans la ville conquise
Les vainqueurs sont entrés, superbes, l'arme au bras ;
Elle aura de l'opium, ne t'inquiète pas. — »
Une écume sanglante alors vint à ma bouche ;
Sans pensée et sans voix, je tombai sur ma couche,
La brute contempla mon visage un moment ;
« Allons, j'irai demain vendre son vêtement ;
C'est toujours ça, dit-il. Son haleine fétide
Se promena longtemps sur ma face livide ;
Puis, je ne vis plus rien. La nuit, et quelle nuit ?
Entoura mon chevet, la douleur m'engourdit.

. . . .

Un mois après, guéri du corps, sinon de l'âme,
J'avais payé les soins de mon sauveur infâme.
Je courus pour revoir la maison de Neh-li ;
Je ne trouvai plus rien ; la ruine et l'oubli
Aux lieux de mon bonheur avaient jeté leurs ombres.
De ces murs calcinés je baisai les décombres,

J'évoquai le passé, le passé resta sourd,
Nul spectre ne sortit de son sommeil trop lourd ;
Pas un écho ne vint à cette voix plaintive
Ajouter dans la nuit sa note fugitive !
Alors, seul au milieu de ce monde pervers,
Je blasphémai le ciel, je maudis l'univers ;
Je fis plus, à ces dieux dont le pouvoir m'opprime
Je refusai d'offrir une noble victime,
Et je cherchai l'oubli dans un vice honteux ;
Je m'avilis ; l'opium est meilleur que les dieux !

A cette heure indécise où le jour qui s'endort,
Jette dans l'air ému son dernier rayon d'or,
Après avoir longtemps, dans notre ville immense,
Recherché ma Neh-li, je pleurais en silence ;
Puis le démon d'opium venait me mordre au cœur.
J'achetais le poison. — Alors, comme un voleur,
En fuyant les regards j'entrais dans les ruines,
Je cherchais quelque trou loin des maisons voisines,
Je m'y couchais, les yeux fermés, la pipe en main
Et la vapeur mortelle arrivait dans mon sein.

. . . .

2

Un sanglot douloureux tordait mon corps rebelle,
Qui n'était pas encor dompté par le poison,
Puis un calme de mort. — L'ivresse de son aile
      Avait couvert mon front.
Je sentais le contact d'une main adorée,
Un long frémissement dans mon être roulait ;
Belle comme autrefois, d'un nuage entourée,
Je revoyais Neh-li, son regard me brûlait.
« Frère, disait sa voix douce comme un murmure,
Viens avec moi, fuyons loin de ce sol maudit ;
Dans une région et plus libre et plus pure,
A l'abri des Anglais mon amour te conduit. »
Et je me relevais dans ma force première,
Je courais sur ses pas, nous volions dans les cieux,
Oublieux des bourreaux, noyés dans la lumière,
L'un sur l'autre inclinés, mon regard dans ses yeux.

Mais qu'ai-je vu ? soudain, par un prodige étrange,
Ce n'était plus Neh-li qui planait devant moi ;
Aussi belle, plus triste et grave que cet ange,
La vision glaçait mon cœur d'un vague effroi.
De la patrie en deuil c'était l'ombre irritée :

« Lâche, me disait-elle, en un jour de combats,
            Tu n'as pas étendu le bras
            Devant ma gorge ensanglantée !
Regarde ! » Et je voyais les peuples asservis
Dans l'ivresse honteuse à jamais endormis ;
Un nuage d'opium au loin couvrait le monde,
Et l'Anglais, étendant partout sa main immonde,
Arrachait les trésors des temples profanés ;
A des labeurs abjects nos enfants condamnés
Devenaient, sous la main des vainqueurs de l'Asie,
Des Ilotes nouveaux ; c'était là ma patrie !

Et pour comble d'horreur, de mes yeux desséchés
Sur l'infâme tableau, grand ouverts attachés,
Je ne pouvais tirer même ces simples larmes
Qui du cœur déchiré sont les dernières armes ;
Un sourd bourdonnement dans mon cerveau montait ;
De bizarres lueurs l'horison se teintait ;
Je voyais tour à tour, verdâtre et purpurine,
Une lugubre forme errer dans la ruine ;
Je souffrais, j'avais peur de ce spectre hideux,
Et je ne pouvais pas même fermer les yeux.

Aux chocs dont ma poitrine alors fut assaillie,
Il semblait que vingt cœurs battaient mon agonie,
La sueur m'inondait, je la sentais courir,
Et tous les nerfs tordus, je me voyais mourir.
J'implorais le néant : Quand viendras-tu me prendre ?
Combien de jours ce corps brisé doit-il t'attendre ?
Et grincer dans ce trou d'opprobre et de douleur,
Viens, disais-je en pleurant, néant consolateur !

Mais le tableau changeait :

                    La mer, la mer immense,
De ses larges clameurs remplissait le silence,
Le flot vert jusqu'à moi venait en clapotant ;
Chaque vague ondulait sur la vague prochaine,
Et dans les airs calmés par leur fraîcheur sereine,
Je distinguais des voix au timbre caressant.

« Mes sœurs, l'onde est limpide et le ciel se colore
    « Des premiers feux d'un jour brûlant,
    « C'est l'heure où la chanson sonore
« Des gorges des oiseaux s'élance en frémissant.

« Et nous ! Chantons aussi : Dans la mousse liquide,
    « Baignons nos seins gonflés d'amour,
    « Baignons notre pied de sylphide
« Dans la fraîcheur de l'onde et les splendeurs du jour.

. . . .

« N'écoute pas ! disait une autre voix plus chère,
« Celle de ma Neh-li que j'entendais soudain.
« Enivre toi. — Maudit ! » Criait avec colère
L'esprit de mes aïeux debout dans le lointain.

. . . .

« Mes sœurs redescendons aux grottes azurées :
    « Dans nos palais du fond des eaux,
    « Formés de coquilles nacrées,
« Ornés d'algue marine et de verts arbrisseaux.

« Au sein des tourbillons de la mer qui bouillonne,
    « Folles d'ivresse, allons bondir,
    « Allons tresser une couronne
« De ces rameaux vivants que nos yeux font fleurir.

« Etendu sur un lit de ces fleurs animées,
« Min-tho, viens avec nous, au fond de l'Océan,

« Enflammer tes regards aux danses des almées
« Dans la grotte qu'éclaire un flot de diamants.

« Sous nos antres profonds tu poursuivras ton rêve,
« Il ne sera troublé qu'au gré de tes désirs,
« Quand ta voix, que le feu de l'amour rendra brève,
« Appellera l'essaim de ses fougueux plaisirs.

  . . . .

« Qui t'arrête? — ajoutait la voix de ma patrie,
« Entre les passions que l'opium alluma
« Entre les saints amours et l'obscure infamie,
    « Je sais bien qui l'emportera ;
« Mais en te réveillant, ne cherche plus l'Asie,
    « L'Anglais aura passé par là ! »

Hélas ! dans le lointain la voix sembla s'éteindre ;
Je voulus m'élancer : l'ivresse me clouait
Renversé sur le sol, et ma main pour étreindre
Aux pierres des vieux murs vainement se heurtait.
Hé bien ! va-t-en, vision raisonneuse !
Est-ce à moi de changer les décrets du destin ?
Si le cœur ne bat plus, le corps a toujours faim :
    Accourez, ô troupe joyeuse !

Les voilà ! les voilà qui viennent en dansant,
Ces filles de la nuit que j'évoquais en songe ;
Du poison qui me tue horrible et doux mensonge,
   Leur aspect fait bouillir mon sang.

« Entourez de vos bras mon corps, ô courtisanes !
« Vierge folle aux yeux noirs, viens essuyer mes pleurs,
   « Chante l'amour que tu profanes,
« Et par de longs baisers prouve-moi tes ardeurs.

« Dis-moi tout ce qui peut inspirer le délire,
« Jette ce voile blanc qui cache ta beauté,
« Écarte ces tissus, ou ma main les déchire,
   « Verse à grands flots la volupté !
« Je veux. »

    Mais en tremblant je sens que je m'éveille ;
Les premiers feux du jour d'une lueur vermeille
Ont coloré la pierre où j'appuyais mon front ;
Un bruit de pas furtifs a troublé le silence ;
Je vois dans la ruine une ombre qui s'avance,
J'entends parler tout bas, on prononce mon nom....
O Dieu consolateur ! Dieu bon ! Dieu grand ! C'est elle !
Faible et le front couvert d'une pâleur mortelle.

Neh-li sur les cailloux avance en chancelant,
Et vient tomber sans force aux bras de son amant.

« Enfin, je t'ai trouvé Min-tho ! que la mort vienne,
M'appuyant sur ton sein je la verrai sans peine,
J'ai tant souffert ! sais-tu que depuis deux longs jours
Dans ces quartiers déserts je marche sans secours ?
Vingt fois, durant un mois, pour fuir un joug infâme,
J'ai pleuré, supplié, cet Anglais n'a pas d'âme !
Quand j'appelais ton aide en me tordant les bras,
Quand j'avais à lutter dans d'ignobles débats,
Mon maître paraissait plein d'une ardeur plus grande
Et de son lâche amour il répétait l'offrande.
Heureusement le vice est son propre bourreau.
Mon ravisseur en montre un exemple nouveau,
Il aime ce poison qui détruit notre Asie.
Dans l'ivresse un moment sa raison engourdie
L'a mis en mon pouvoir ; j'ai fui, mais à mon pied
Le sol de nos chemins est si peu familier,
On a si bien réduit ce pied dès mon enfance
Que chaque nouveau pas était une souffrance ;
Je n'ai pu retrouver le seuil de ma maison ;

Ce dernier coup faillit égarer ma raison,
Sur les débris fumants laissés par l'incendie,
Un jour entier le froid engourdit ton amie.
Puis la faim ! j'ai mordu mes doigts endoloris.
Mais, te voilà Min-tho ! tous ces maux sont finis,
Parle-moi. »

                Je pleurais sans former une phrase,
Je savourais, muet, ma douloureuse extase,
Enivré, torturé par la crainte et l'amour
J'eus peur, car le danger croissait avec le jour.
Je ne répondis pas. Plus fort par ma tendresse
Que je ne fus jamais aux jours de ma jeunesse,
Je soulevai Neh-li, comme un lion surpris
Dans sa gueule entr'ouverte emporte ses petits,
Et des mains du chasseur sauve ainsi ce qu'il aime.
Avec mon doux fardeau je m'élançai de même,
Je franchis les remparts, je traversai les champs,
Dans les roseaux épais, au bord du Yan-tse-Kiang,
Je cachai mon amour, mon bonheur, ma richesse,
Et, libre, je pleurai des larmes d'allégresse.

V.

DANS LA PRESQU'ILE.

Nous étions seuls, cachés auprès de la rivière,
Ma main avait formé sa couche printanière
Avec les pampres verts cueillis au bord des eaux,
Et le vent sur nos fronts balançait les roseaux;
Des baisers du soleil l'onde semblait heureuse;
Elle frappait le bord d'une note joyeuse
Et murmurait tout bas des accords indécis
Qui chantaient jusqu'au fond de nos deux cœurs ravis.

Qu'il était sombre notre rêve!
Disait, Neh-li, mais quel réveil!
Sur ce petit coin de la grève
Que chaque jour ainsi se lève
Entre ces fleurs et ce soleil!

Laissons les hommes et la terre,
Oublions tout par le bonheur.
Dans ce paradis solitaire
Que Dieu créa pour le mystère
Je veux reposer sur ton cœur.

MIN-THO.

Il est à moi ce doux visage,
Il est à moi ! resserrez-vous,
Roseaux fleuris, épais feuillages,
Arbres qui croissez sur la plage
Etendez vos rameaux sur nous !

Dieu seul penché sur la nature
Pourra percer ce frais rempart,
Car il entend votre murmure:
Ruisseaux perdus sous la verdure,
Amants qui fuyez le regard.

NEH-LI.

Puisque lui seul pourra l'entendre,
Puisqu'il protége nos amours,

Dis-moi, Min-tho, de ta voix tendre
Ces mots que nul ne doit surprendre,
Ce vieux chant qui charme toujours.

Comme sous la roche ignorée,
L'oiseau des mers posant son nid
Près de sa compagne adorée
Et l'œil fixé sur l'empyrée,
Chante son ivresse à la nuit.

MIN-THO.

Nous sommes à l'abri sous ce nid de feuillage,
Nous sommes deux, mon cœur entend battre ton cœur,
Qu'est-il besoin de faire au loin vibrer la plage
      Des éclats de notre bonheur.

Je ne veux pour témoin que cette onde écumante ;
Encor, suis-je jaloux qu'elle baigne ton pied,
Et qu'une vague puisse à la vague suivante
      Dans son orgueil le confier.

Je suis jaloux aussi de la feuille légère
Qui plonge dans l'air pur que ton sein respira ,

Jaloux de ce roseau dont la tigelle altière
  Dans tes cheveux s'entrelaça.

Les vois-tu s'incliner sur ta lèvre amoureuse !
Leurs berceaux si touffus se recourbent encor
Et paraissent vouloir d'une étreinte joyeuse
  Entourer ton beau corps.

Une larme, une perle, humecte ta paupière,
Ton regard ferme et pur se voile de langueur,
Dors, ma Neh-li, repose en ce nid tutélaire
  Moi ! je veille sur mon bonheur !

VI.

SUR LE FLEUVE.

Hélas, on ne vit pas d'amour et d'harmonie ?
Le corps trouble bientôt la douce mélodie,
Il arrache l'esprit à ce concert divin
En lui criant bien haut : poëte, il faut du pain.

C'est un pesant fardeau, mais un grand bien peut-être.
Un esclave autrefois avertissait son maître
Chaque jour, au matin, qu'il lui faudrait bientôt
Pour venger son injure aller donner l'assaut.
Le corps remplit en nous le rôle de l'esclave :
Et dit au cœur ardent qui s'exalte et qui brave
L'univers tout entier du haut de sa grandeur,
Il dit au cœur déchu qu'écrase la douleur :.
Maître il faut revêtir votre solide armure ;
Bonheur ou désespoir si vous voulez qu'il dure,
Et souvent le plus cher est encor le chagrin,
Pour chanter ou pleurer, poète il faut du pain !
Levons nous, O Neh-li ! subissons cette épreuve,
Mets ta main dans la mienne et cotoyons le fleuve,
Des efforts des méchants il sauva nos amours,
Peut-être il nous réserve encor d'autres secours.

Avec ses bords fleuris, avec son eau profonde,
Aussi majestueux qu'au premier jour du monde,
Tel il serpente encor notre vieux Yan-tse-Kiang.
Il jette sur sa rive un limon bienfaisant.   [mense
Dans les champs et sur l'eau, partout un peuple im-

De son sein nourricier tire son existence.
Des milliers de bateaux sont ancrés près du bord.
Le pêcheur tout le jour travaille, et quand il dort,
D'un doux clapotement sa barque est balancée,
Et par la voix des flots son oreille est bercée.

Dans un de ces bateaux aux voiles de bambou,
J'aperçois un vieillard vénérable debout ;
Deux matelots assis sur les planches poudreuses
Frappent de leurs pieds nuds les vagues écumeuses ;
Ils sourient aux efforts que fait un cormoran
Sans pouvoir remonter et vaincre le courant.
L'oiseau, le bec chargé d'une trop lourde prise,
Veut gagner le bateau, qu'un souffle de la brise
Fait voler sur les eaux loin du pauvre animal ;
Mais alors le vieillard a donné le signal,
La large voile tombe au pied de la mâture ;
L'intelligent oiseau le voit et se rassure ;
Du bateau ralenti se rapprochant enfin,
Il bat l'eau de son aile en montrant son butin.
D'un seul bond sur le bord tout ruisselant s'élance,
Et plié sous le faix, vers son maître s'avance.

Le vieillard prend alors, dans son bec entr'ouvert,

Deux gros poissons aux flancs rosés, au ventre vert,

Rejetés sur le sol ils palpitaient encore.

Avec sa belle voix ferme, grave et sonore,

Il prononça deux fois le nom du cormoran :

L'oiseau l'avait compris et courait à son rang ;

Onze autres comme lui perchés sur une planche,

Avec leurs grands pieds noirs, leur collerette blanche,

Et leurs yeux pleins de feu teints de jaune alentour,

Attendaient le signal pour plonger à leur tour.

Lorsqu'enfin le bateau, s'approchant du rivage,

Dans le remous du bord confondit son sillage,

J'écartai les taillis qui nous cachaient tous deux,

J'appelai le vieillard ; il détourna les yeux

Il aperçut Neh-li, dont la tête charmante

Au-dessus des buissons s'élevait souriante.

Malgré le poids des ans, son cœur fut agité ;

Il crut apercevoir quelque divinité

Qui voulait, s'élançant sur la surface humide,

A la cîme des flots glisser d'un vol rapide ;

« Mon père, dit Neh-li, prenez pitié de nous ! »

Il ne résista pas à cet appel si doux :

« Qui que tu sois, dit-il, femme plaintive et belle,

« Dispose à ton désir de mon humble nacelle.

« Mon fils, ajouta-t-il, en se tournant vers moi,

« Dieu t'a donné le ciel si cet ange est à toi! »

Il disait vrai. — Le ciel descendit sur la terre,

Je lui fis le récit de notre vie entière ;

Il pleurait à ma voix, et quand je racontais

L'épisode sanglant du capitaine anglais,

Son tranquille regard s'allumait d'un feu sombre,

Et sur son front ridé je vis passer une ombre.

Je n'en sus que plus tard le terrible secret ;

D'une égoïste joie alors tout m'enivrait.

Bon vieillard, il voulut nous offrir un asile,

« Reposez-vous, enfants, dans un bonheur tranquille,

« Je suis pauvre, il est vrai, mais le vieux fleuve est là,

« A nos communs besoins c'est lui qui pourvoira ;

« Dès ce soir avec moi vous conduirez la barque,

« De douze cormorans je suis le vieux monarque,

« Ils sont à vous, je veux leur apprendre demain

« A venir sur un mot manger dans votre main.

« Dieu bénira les jours que nous verrons ensemble,

« Entre le ciel et l'eau, sur ce plancher qui tremble,

3

« Vous sentirez en vous mille pensers nouveaux,

« L'éther sera plus bleu, les champs seront plus beaux ;

« Quelque chose de clair, de calme et de limpide

« Semblera s'élever de la plaine liquide,

« Et vous plaindrez du haut de cet Eden flottant

« Les riches d'ici-bas, dont l'or est le tyran. »

J'acceptai. — Mais souvent, depuis ce jour prospère,

Dans notre asile ancien nous allions prendre terre ;

Ce n'était qu'un îlot d'un sable doux formé,

Un massif l'ombrageait par le hasard semé ;

Dans les grandes chaleurs, sur un étroit passage,

On pouvait à pied sec y venir du rivage ;

Mais le fleuve souvent emportait le sentier,

Et pas un être humain ne pouvait nous épier.

VII.

L'AMOUR.

Que le ciel était bleu ! que la terre amoureuse

De son sein réchauffé faisait jaillir de fleurs !

Et comme tout disait dans la retraite ombreuse :
Profitez du silence, unissez vos deux cœurs !

On dit qu'il est des rois aux palais magnifiques,
Sous des cieux de rubis abritant leurs désirs,
Enveloppant dans l'or leurs maîtresses lubriques,
Et puisant dans le vin d'âcres et courts plaisirs ?

Nous étions, nous, pareils à l'insecte qui vole,
Sans des voiles menteurs, en face d'un beau ciel ;
J'avais pour m'enivrer le son de sa parole,
Et pour palais ce nid au feuillage éternel !

Puis le péril donnait une saveur nouvelle
A ce doux tête-à-tête, où, libres, nous aimions
Sans autre événement que le battement d'aile
D'une mouche dorée approchant de nos fronts.

Nos baisers s'étouffaient sous le fracas des ondes ;
Le vent ne disait rien de ce qu'il avait vu,
Et Dieu n'eût pas trouvé dans tous ses vastes mondes
Un bonheur comparable à ce bonheur perdu.

Hélas! l'amour profond et vrai n'a pas d'histoire,
On ne raconte pas, on garde en sa mémoire
Les rapides instants, tous les riens précieux
Dont se compose enfin ce mot harmonieux :
Le bonheur! quand on veut employer la parole
Pour le mieux définir, on le sent qui s'envole,
Et l'être indifférent qui m'écoute, sourit
Et s'en va, convaincu que j'ai perdu l'esprit.
Eh bien! oui, c'est un songe, une ivresse, un délire,
C'est un frémissement qu'on ne saurait décrire,
Une fièvre inquiète envahissant le cœur,
Une nouvelle vie, enfin c'est le bonheur!
On est fou, car on pleure ; on est fou, mais on aime!
Une voix qu'on entend retentir en soi-même
Un nom qu'on lit partout, qu'il suffit d'énoncer
Pour qu'un riant visage au loin semble passer,
Pour qu'un vague parfum s'épanche et vous enivre,
C'est là tout, n'est-ce pas? oui c'est tout, mais c'est vivre!
Que le reste, abîmé dans un obscur chaos,
Loin des yeux et du cœur soit chassé par ces mots :
Amour, bonheur! Hélas! pourquoi les cieux avares,
Fantômes adorés vous ont-ils faits si rares?

Moi du moins, aujourd'hui, brisé par tant de coups,
J'ai vu des jours que Dieu n'accorde pas à tous.
J'ai respiré l'ivresse avec la brise aimée
Qui venait jusqu'à nous de la rive embaumée,
Et sur ce dur rocher pour mourir étendu,
Je ne regrette rien, ayant assez vécu !
D'ailleurs, quand il me plaît je remonte les âges :
Je revois le vieux fleuve aux fortunés rivages,
Les objets ne sont rien pour mes yeux obscurcis.
Cette mer écumante et ce nouveau pays
Attirent vainement mon regard qui se voile,
Sur ce ciel ennemi je ne vois pas d'étoile,
L'image du passé, les couleurs d'autrefois,
D'une teinte charmante et cruelle à la fois
Recouvrent le présent, je vis par ce mensonge
Et dans l'illusion, avec fureur, je plonge.

VIII.

TOUJOURS SUR L'EAU.

Comme nous nous aimions ! comme elle était jolie !
Quand elle s'appuyait rêveuse et recueillie
Au bordage tremblant de notre frêle esquif !
Et qu'assis à ses pieds, d'un regard attentif
Je caressais le corps charmant de ma maîtresse,
Et murmurais tout bas des phrases de tendresse ;
Son pagne dessinait ses contours amoureux,
La fleur du nénuphar mise dans ses cheveux
En faisait ressortir la splendide opulence ;
Son pied nu sur le pont tapotait en cadence,
Ses yeux presque trop grands pour ses traits gracieux,
Doux et fiers à la fois, se fixaient sur mes yeux.
Nous échangions ainsi, sans bouger, sans mot dire,
Ce langage du cœur qui tient dans un sourire.
Tous les êtres domptés par la chaleur du jour
Dans un calme profond nous laissaient à l'amour.

Les cormorans dormaient le bec caché sous l'aile,
Les matelots aussi vaincus malgré leur zèle
Sur un câble enroulé sommeillaient étendus.
Le vieillard seul plus fort parce qu'il souffrait plus,
Veillait, le front penché sur les pages d'un livre.
Et le bateau glissait — comme il faisait bon vivre !
Ou bien quand la fraîcheur ramenait les travaux
Je donnais le signal connu de mes oiseaux ;
Tour à tour ils sautaient et plongeaient dans l'abîme.
L'écume dont les flots se couvrent à leur cîme
S'attachait à leur aile en flocons savonneux,
Et les oiseaux pêchaient avec des cris joyeux.
L'un d'eux, plus familier, à ma belle maîtresse
Accourait demander souvent une caresse,
C'était son favori. — Même à son cher oiseau
Elle ne voulut pas laisser le lourd anneau
Qu'ils portent tous au cou pour les forcer à rendre
Sans pouvoir l'avaler ce qu'ils viennent de prendre.
De son bracelet d'or dépouillant son bras blanc
Elle passa le cercle au cou du cormoran,
Il portait haut et fier sa nouvelle parure
Et perchait près de nous au pied de la mâture.

Quand nos larges viviers de poissons étaient pleins
Nous allions pour les vendre aux villages voisins,
J'évitais d'aborder la cité populeuse
Et loin des yeux de tous cachais ma vie heureuse.

IX.

L'HISTOIRE D'UN PATRIOTE.

Un jour le bon vieillard nous manda près de lui :
« Enfants, dit-il, je veux vous conter aujourd'hui
« L'histoire, triste hélas, de ma longue existence.
« Je vais dans quelques jours la terminer, je pense ;
« Il m'est doux, appuyé sur vos deux jeunes bras,
« D'en rappeler ici les douloureux combats,
« Peut-être fatigués de ce bonheur paisible
« Voudriez-vous tenter une épreuve impossible
« Et contre un monde faux essayant de lutter
« Dans le courant fatal vous laisser emporter ?

« Je voudrais vous convaincre en racontant ma vie

« Que vous avez en main une source infinie

« De jours délicieux que rien ne peut valoir.

« Vivez dans ce désert, c'est mon vœu, mon espoir. »

Je suis le fils d'un grand pays qu'on nomme France !

J'aurais voulu payer d'un siècle de souffrance

Le bonheur de revoir le sol de mes aïeux.

Dieu ne l'a pas voulu, vous fermerez mes yeux ;

Sachez du moins, enfants, qu'il n'est point en ce monde

Une terre à la fois si vaillante et féconde,

Et que je sens toujours en prononçant son nom

Un flot de sang monter de mon cœur à mon front.

Un autre amour repose au fond de ma mémoire :

Plus douce que des chants d'ivresse ou de victoire

Sa voix après vingt ans en moi résonne encor,

Oh ! ma mère ! son seul regard me rendait fort,

Son cœur un seul instant battant sur ma poitrine

Ramenait dans son fils une force divine ;

Mon père, un vieux guerrier, mort au jour du combat,

Nous laissa pour tout bien ce que laisse un soldat :

Sa croix, son nom sans tache, et l'amour de la France !

C'était à ce moment plein d'une ivresse immense,

Où mon pays domptait les peuples éperdus.

Le vieux monde tremblait sous de nouveaux venus;

Les fils du paysan désertaient la chaumière,

Des chevaux de labour saisissaient la crinière,

Et nouveaux paladins, ils demandaient au sort

Ce qu'il donne toujours, la fortune ou la mort ;

Et moi je fis comme eux. — A la grande épopée

J'ajoutai quelques mots avec ma jeune épée,

Puis le géant tomba... Dans la poudre avec lui,

Gloire, bonheur, espoir, tout fut anéanti.

Ce que je vis alors ne saurait se décrire :

Pour notre France en deuil, ce fut un long martyre,

L'étranger souffletait la grande nation,

Et, pour comble de honte et de dérision,

La moitié des Français, s'armant contre leur mère,

De l'insolent vainqueur stimulait la colère.

Les vieux braves chassés de l'ombre du drapeau,

Débris sacrés gênants pour ce monde nouveau,

Insultés chaque jour par de lâches phalanges

Etaient éclaboussés des plus ignobles fanges.

J'étais jeune et mon front déjà cicatrisé

Aux coups des insulteurs était mal cuirassé ;

Un jour je renversai d'une main frémissante
Un Anglais qui riait de la France impuissante
Et qui, voyant passer un soldat mutilé,
Avait dit: c'est un chien du tyran exilé !
On m'arrêta — je n'eus pas l'aumône d'une heure
Pour aller avertir ma mère en sa demeure. —
Elle attendait son fils, elle ne le vit plus, —
Je demande un délai — mes cris sont superflus,
Rien ne peut attendrir la police zélée :
Comme un soldat obscur tombé dans la mêlée
Qu'on enterre le soir et dont tout disparaît :
Comme un vil assassin, je fus mis au secret.
J'ai su depuis que seule en sa mansarde nue
Elle veilla la nuit. Les clameurs de la rue
Dans son cœur inquiet, agité par l'effroi,
Résonnaient sourdement comme un son du beffroi ;
Le matin la trouva par la peur terrassée
La fièvre la clouait sur sa couche glacée,
Le jour passa, la nuit s'écoula lentement
Alors elle se dit : j'ai perdu mon enfant !
Et sur son lit de mort se couchant sans murmure,
Au Dieu qui la frappait rendit son âme pure.

Mais moi, j'étais vivant, j'étais fort, et ma main
Se meurtrissait dans l'ombre aux fers d'un assassin.
On m'avait fait entrer dans la prison roulante,
Char sinistre et banal dont la vue épouvante...
Un gendarme tenait la chaînette d'acier,
Dans son rôle muet renfermé tout entier,
Il ne répondait pas aux questions avides
Qu'arrachait la souffrance à mes lèvres arides.
Sur mon front que la mort épargna tant de fois,
L'horreur de l'inconnu pesait de tout son poids.
J'écumais de ma honte et de mon impuissance.
Sur la route en voyant l'infâme diligence,
Tous les petits enfants s'amassaient à grand cris,
Les mères me montraient en disant à leurs fils :
« Voyez où l'a conduit le crime, et soyez sages ! »
Alors je distinguais sur leurs jeunes visages
La terreur, le mépris, une ombre de pitié,
Et je sentais bondir mon cœur supplicié.
Je sanglotais, sans honte, en appelant ma mère :
Car nous autres soldats dont la vie est austère,
En face de la mort, au sein du tourbillon
Qui mène en tant de lieux notre dur bataillon,

Nous n'avons pas le temps de graver dans nos âmes
Les noms, si gracieux qu'ils soient, des autres femmes,
Et celle qui sourit à nos premiers ébats
C'est l'ange qu'à la guerre on appelle tout bas.
　　Enfin après deux jours d'une agonie affreuse
Nous parvînmes au bout de la route poudreuse :
J'entendis un bruit sourd, un long mugissement.
Nous étions arrivés au bord de l'Océan,
Le flot venait mourir lentement sur la grève,
L'écume blanche au loin tourbillonnait sans trêve.
Au bout d'un long tapis de sable sans galet,
Un roc s'élevait noir de la base au sommet.
Les maisons de granit à son granit s'accrochent,
L'espace est si restreint que leurs toits se rapprochent
Et qu'on peut distinguer à partir des remparts
Des chemins tortueux pareils à des lézards,
Qui grimpent au milieu d'un monde de masures
Et sur le flanc du mont font d'étranges figures ;
C'est donc là ce château formidable et glacé
Gardant l'empreinte encor d'un monde renversé,
Ce temple suspendu, fier, sur un précipice,
Qui seront les témoins muets de mon supplice.

C'est là qu'il faut souffrir. En attendant le jour,
France républicaine, où viendra notre tour !

Mont-Saint-Michel ! Vieux fort de la vieille Armo-
Qui tant de fois a fait vibrer le saint cantique, [rique,
Alors qu'à ton sommet, pour s'approcher des cieux,
Le moine, au bruit des flots, mêlait ses chants pieux.
Plus tard des paladins tu vis la lourde armure,
De tours et de créneaux on forma ta ceinture ;
Puis le temps, qui n'a pu déchirer ton granit,
Vint chasser tout-à-coup ces aiglons de leur nid.

Plus fort que l'Océan qui sur ton roc se brise,
Le peuple se rua dans ton antique église ;
Les murs, républicains pour la première fois,
Entendirent ce chant qui fait pâlir les rois ;
Ils redirent longtemps la sainte *Marseillaise*,
Ce rugissement doux à l'oreille française,
Ce cri que les tyrans défendent de pousser,
Car la foudre avec lui sur eux semble passer ;
Et maintenant vaincu, souillé comme la France,
Tu n'es plus qu'un sépulcre où veille la souffrance ;

Les moines reviendront s'asseoir sous tes arceaux ;
Des jours qui ne sont plus, recousant les lambeaux,
Aux vilains d'alentour, vassaux de l'abbaye,
Ils viendront réclamer la dîme rétablie.

« Monsieur, veuillez signer ! » dit une rude voix ;
Je tressaillis, j'avais presque oublié, ma foi !
J'étais sans le savoir arrivé dans la geôle,
Je leur jetai mon nom sans dire une parole ;
Ce registre lugubre où j'étais écroué,
Ces hommes aux yeux durs, ce mur sale et troué,
Cette odeur de prison à pleins poumons sentie
Dont l'effluve baignait ma tête endolorie,
Tout cela m'écrasait ; je fus comme un enfant
Conduit dans le cachot, amené sur un banc ;
Un ouvrier riva l'anneau de fer, la chaîne,
Et l'infâme boulet que le captif entraîne,
La porte se ferma ; j'étais seul, ô mon Dieu !
Dans quel dessein m'as-tu fait jeter en ce lieu ?

De l'ennui dévorant dirai-je les morsures ?
Le jour succède au jour, la torture aux tortures :

En face des splendeurs de la création
Devant la grande mer aux vastes horizons,
Quand je la sens frémir au pied de ces murailles,
J'ai pour distraction, moi, ce bruit de ferrailles,
Si le boulet, heurtant les parois du rocher,
Sur mes pieds tout sanglants vient soudain ricocher,
A ces heures de doute et de rage impuissante
Dont le souvenir seul rend ma tête brûlante !

Certain soir l'aumônier visita mon réduit ;
A son air doux un autre aurait été séduit,
Mais quand je contemplai sa figure indécise,
Où se peignait encor l'extase de l'église
Et ce je ne sais quoi que l'usage constant
Du langage dévot met au front le plus grand ;
Quand je vis son regard échapper à ma vue,
Errer sans tressaillir dans ma cellule nue,
Impassible et voilé s'arrêter sur ma main,
Et ne sentir en moi qu'un vulgaire assassin,
Une immense fureur, un soubresaut de haine
M'envahit à l'aspect de sa face sereine ;

Mais ce prêtre ennuyé qui venait par devoir,
D'un misérable obscur visiter le trou noir,
Ne sut pas deviner ma douleur, ma colère,
Et calme, commença son banal ministère.
— « Je viens vous apporter la consolation
Que l'on trouve toujours dans la religion ;
Frappé cruellement par des lois inflexibles,
Cherchez, Monsieur, là-haut des juges plus sensibles ;
Les saints anges, la Vierge et tous les bienheureux
Chaque jour invoqués dessilleront vos yeux
Et vous indiqueront les routes les plus sûres
Pour échapper, mon fils, aux terrestres souillures ;
Priez Dieu, — venez vite à son saint tribunal !
Vous ne répondez pas.

              — Votre voix me fait mal !
Laissez-moi lui parler, à ce Dieu, face à face !
— Etes-vous sûr, mon fils, d'être en état de grâce ?
— Je suis homme, je pleure, il suffit, Dieu m'entend.
— Mon humble ministère est utile pourtant...
Je vois que votre cœur, par un triste mirage
Des révolutions contemple encor l'image ;

Vous changerez, Monsieur, sous le fils de saint Louis
La France a retrouvé la croix avec les lys,
Humiliez ce front qu'un fol orgueil redresse,
Plus d'un puissant d'hier, humble aujourd'hui, s'a-
Et reniant les jours passés dans son erreur   [baisse
Sous le vieux drapeau blanc marche et devient meilleur.
Faites comme eux, je viens ici pour vous le dire,
Des vérités d'en haut il faudra vous instruire !
Soyez humble — ce roi qu'on appelle Bourbon
A ses autres talents joint celui d'être bon ;
Peut-être un jour trouvant la peine suffisante,
Sachant par moi qu'enfin votre âme pénitente
A connu les bienfaits d'un baptême nouveau
Il vous fera sortir de ce vivant tombeau.
— Assez ! j'aurais subi ta longue litanie,
J'aurais pu t'écouter, prêtre, car je m'ennuie,
Et c'est un lourd fardeau que de rester tout seul
Roulé dans la douleur comme dans un linceul ;
De voir le temps couler comme l'eau goutte à goutte
Avec un bruit plaintif tombe de cette voûte,
Mais j'aime mieux la nuit, j'aimerais mieux la faim
Que d'entendre insulter ce que j'ai de plus saint.

Dis à ton prince, à ceux qui prennent leur revanche
De la grande terreur par une terreur blanche
Plus ignoble cent fois, car ils frappent leurs coups
En se cachant sous les boucliers des Kalmouks,
Dis-leur que notre France, un moment engourdie,
D'un terrible réveil menace leur folie ;
Toi qui m'oses citer à ton saint tribunal
Porte à d'autres ton offre et ton sermon banal,
Mon cœur n'a pas besoin de ton nouveau baptème.
Le Dieu des nations me l'a donné lui-même
Alors qu'il m'a conduit, jeune homme ardent et fort,
Pour défendre la France en face de la mort.
Ce canon qui brisait des poitrines humaines
Mais qui des nations brisait aussi les chaînes,
Parlait un peu plus haut dans mon cœur que ta voix,
Le sang chaud sur mon front rejaillissait parfois,
Plus puissant que ton sel et que ton eau bénite,
Et d'un obscur soldat il faisait un lévite !
Retire toi !

      Mais lui, sans haine et sans courroux
Laissa tomber sur moi son regard le plus doux.
Il me saisit la main, malgré ma résistance :

Frère, dit-il — Va-t-en — fis-je après un silence.....
J'eus honte du chagrin qui vint mouiller ses yeux,
Une rougeur subite, un soupir anxieux,
Un sourd tressaillement fut toute sa réponse.
« Est-ce bien là le mot qu'un lévite prononce ? »
Fit-il enfin. — O jeune insulteur d'un vieillard !
Sachez que du malheur l'humble prêtre eut sa part ;
Vous avez combattu, dites-vous, pour la France ?
Moi j'ai souffert vingt ans les douleurs de l'absence,
Et le pain que l'Anglais à l'exilé jetait
Me paraissait plus lourd que le plomb du boulet,
Et j'enviai longtemps le jeune volontaire
Qui pouvait châtier l'insolence étrangère.
Je n'accuserai pas les révolutions
D'avoir seules forgé le fer des Trestaillons
En dressant l'échafaud qui vit frapper Louis seize,
Nos crimes sont pourtant fils de quatre-vingt-treize.
J'aime mieux essayer quelquefois avec vous
De rêver pour la France un avenir plus doux ;
Je croyais en entrant dans ce sombre repaire
Y trouver le forçat, mon client ordinaire,
Que le crime a grisé, que le silence abat,

Qui retrouve parfois dans mon apostolat
Un peu de force, un vague écho de l'Évangile,
Et qui lève à la fin vers Dieu sa face vile.
Le ciel en soit loué, je trouve un homme en vous
Mon frère, embrassez-moi !

                  Je ployai les genoux
Devant l'humble vieillard qui m'avait su comprendre.
La paix, en un instant, sur moi sembla descendre,
J'étais reconnaissant qu'il m'eut tendu la main.
Le pontife m'aurait parlé longtemps en vain ;
L'homme dont ma douleur remuait les entrailles,
Jetait une clarté sur mes sombres murailles.
Il est bon d'être deux, même dans un cachot,
Même quand l'autre est un vieillard simple et dévot,
Pourvu que dans ce cœur usé notre cœur sente
Du fraternel amour la fibre encor vibrante.

Le bon prêtre appela ce changement soudain
Un miracle nouveau fait par l'esprit divin,
A saint Paul éclairé tout-à-coup par la foudre
Il compara mon cœur. — Il est plus noir de poudre,
Dit-il en souriant, qu'il n'est noir de péchés.

Quand tous les mauvais grains en seront arrachés
(Et malgré les fureurs du moderne lévite,
J'en suis sûr maintenant, l'œuvre marchera vite),
La main du Tout-Puissant s'étendra jusqu'à vous.
Je ne discutai plus ! — Ce vieillard simple et doux,
Pouvait-il, comme moi, sentir, penser et vivre ?
Jusqu'à ce qu'un nouveau Brumaire me délivre,
A cet ami nouveau montrons un cœur content !
Mais je souffrais encor parfois en l'écoutant.
Il me permit d'aller dans son antique église.
Sous la pâle clarté que le vitrail tamise,
J'ai bien souvent, après la prière du soir,
Avec l'orgue plaintif, chanté mon désespoir.
Le dimanche, suivant une consigne expresse,
Les indisciplinés assistaient à la messe,
Quelques-uns affectaient un superbe dédain,
Mais mon esprit était mûri par le chagrin.
Fils de quatre-vingt neuf, républicain sincère,
Je ne rougissais pas pourtant de la prière !

Longtemps après l'office, un jour j'étais resté.
Le vitrail qu'éclairait un beau soleil d'été,

Répétait sur le sol, en couleurs magnifiques
Les naïfs ornements de ses dessins gothiques.
Dans le temple où planait l'esprit du Créateur,
Un nuage d'encens roulait avec lenteur.
Un calme radieux, une douce harmonie,
Un souffle généreux de bonheur et de vie,
Arrivaient jusqu'au Mont en glissant sur les flots
Et s'en allaient mourir sous les vastes arceaux.
Cette nature en joie insultait ma souffrance,
Mon être s'irritait de sa magnificence,
Je ne pouvais parler, l'orgue pleurait pour moi,
L'ivoire du clavier palpitait sous mes doigts ;
Son sanglot musical disait toute ma vie
Et reprochait au ciel ma précoce agonie.
Au fond du sanctuaire une porte s'ouvrit,
Une femme parut et s'avança sans bruit;
Désireuse de voir l'antique monastère
Elle avait pris pour guide un bedeau mercenaire,
Ce n'était après tout qu'un vulgaire incident :
Pourquoi son seul aspect fit-il bouillir mon sang ?
Pourquoi sans lui parler, sans la regarder même,
Avais-je le désir de lui crier : je t'aime !

Elle était jeune, belle, et j'avais deviné
Que son cœur était bon, — mais j'étais enchaîné,
Et je n'osais laisser mon hymne interrompue
Ni me tourner vers elle, hélas ! sur ma chair nue
Je sentais les anneaux de fer, — un mouvement
Aurait fait retentir l'horrible grincement,
Ma chaîne aurait tinté sur les dalles de pierre.
Honte et dérision ! je n'osais pas me taire,
Car elle aurait peut-être abandonné ces lieux
Que sa présence alors rendait délicieux,
Et la nuit retombant épaisse sur ma vie
Je serais mort, — je crois. —

                 Va donc, ô mélodie !
Chant de rage et d'amour, d'espoir et de regret,
Loin de ce corps brisé, va vers elle, en secret,
Dis-lui ce que ma voix tout bas voudrait lui dire :
Jeune fille dont l'âme ignore mon martyre,
Toi dont le cœur sans doute a déjà tressailli,
Toi dont le chaste amour librement consenti
D'un autre (que je hais déjà sans le connaître !)
Fera dans quelques jours ton esclave et ton maître.
Si tu savais, enfant, ce que contient mon cœur

Le tien se fermerait peut-être de terreur.

Sans doute quelquefois, là-bas, dans ton village,

Vous causez tous les deux, cachés par le feuillage,

Tu ne regardes pas, quand il tient dans sa main

Tes doigts roses tremblants, si dans le sable fin

Un insecte est tombé sous ton pied qui l'écrase,

Tu passes, le regard voilé par ton extase ;

Eh bien, moi plus brisé que l'insecte rampant

Je suis plus malheureux que lui ; s'il est mourant

Du moins en quelqu'endroit de l'épaisse feuillée

Sous l'abri protecteur d'une feuille pliée

Il a laissé son nid fécondé par l'amour.

Il meurt, mais plein d'espoir et non pas sans retour,

Le soleil du printemps fera naître sa race

Et cet insecte vil, il n'est pas mort, il passe.

Sans joie et sans amour, moi ! je n'ai pas connu

Ces ivresses du cœur, — ô vierge ! comprends-tu ?

Et l'orgue, traduisant ma plainte douloureuse

Poussait de longs soupirs. —

                   Elle, grave et songeuse,

S'avança près de moi, — je sentis un frisson,

L'angoisse fit perler la sueur à mon front ;

Mon cœur se contracta, soudain dans ma poitrine
Je me sentais mourir !

       De sa main blanche et fine
Elle toucha mon banc.

       Ivre, j'oubliais tout,
J'abandonnai mon hymne et me dressai debout ;
Vous devinez qu'alors mon exécrable chaîne
Vint heurter avec bruit une stalle de chêne !
En voyant un forcat elle rougit d'effroi,
Ce fut comme un torrent qui s'abattait sur moi ;
Pâle, fou, sans savoir où m'entraînait ma rage
Je m'élancai bien loin par un bond de sauvage
Et mettant une porte entre elle et mon sanglot
Je vins, évanoui, tomber dans mon cachot.

. . . .

Il s'abîma longtemps dans un sombre silence,
Noyé dans sa douleur et sa désespérance.
Il semblait ne plus voir ses enfants attristés
Enfin, d'une voix basse, à mots précipités,
Il reprit :

       A quoi bon vous dévoiler mon âme ?
Fils de cet Orient où le cœur est de flamme

Vous comprendriez mal le simple et chaste amour
Dont cet ange inconnu m'enivra sans retour,
Et ces élans si purs qu'à l'aspect d'une amante
Au fond de l'Occident, la passion enfante.
Le dimanche à sa voix s'unissait, mais bien bas,
Ma voix priant le ciel, — qui ne l'entendit pas.

O puissance du cœur! — ô don de l'harmonie !
L'orgue seul en faisant vibrer sa voix bénie,
Dans mon sein déchiré détruisait la douleur
Et les accords sacrés rendaient nos âmes sœurs.
Un jour sur un papier venu du ministère
Je lus qu'on m'expulsait par-delà la frontière ;
Nul répit, — le gendarme attendait son captif,
Et dans le port, là-bas, j'apercevais l'esquif.
Le cachot, le vieux mont, l'église sépulcrale,
L'orgue dont tant de fois je pressai la pédale,
Je voulus tout revoir. — Impossible, il est temps,
Partons! — Et je suivis le soldat à pas lents.

Vous dirai-je comment ballotté par la vie
Je suis venu vieillir au fond de votre Asie?

Hélas ! c'est un récit monotone, ennuyeux,
Un seul mot dira tout, je fus bien malheureux.
La France ayant changé deux ou trois fois de maître,
Inconnu, sans parents, devais-je y reparaître ?
J'ai parcouru le monde et n'ai trouvé qu'ici
Calme, repos, travail : ce fleuve, c'est l'oubli.
Nous sommes là, perdus dans une foule immense,
Cent mille esquifs au moins que la vague balance.
Cette ville des eaux qui vit du Yan-tse-Kiang
Dont ses larges filets n'épuisent pas le flanc,
Est pauvre comme nous, comme nous sans envie,
Nul tyran n'a besoin de disputer leur vie,
La Chine, l'univers peuvent rugir d'effroi,
Le cri de leurs douleurs passe au-dessus de moi :
Seulement, deux ou trois proscrits chassés du monde
Viennent grossir nos rangs et vivre de notre onde.

X.

LE BIEN ET LE MAL.

Il se trompait — ce peuple endormi deux mille ans,
Ces âmes que n'a pu mûrir un si long temps,
Cette nation-plante à qui la terre avare
Donne une floraison si chétive et si rare,
Puisqu'elle n'a poussé que de pâles bourgeons
Depuis son Kon-fou-tsee aux étranges sermons,
Comme si le démon qui régit l'âme humaine
Bondissait tout-à-coup et secouait sa chaîne,
Ce peuple bouillonna, — je vis sur le flot pur
Des pêcheurs étrangers au regard fixe et dur,
Des bateaux qui semblaient suivre notre sillage,
On signala bientôt des actes de pillage,
Des hommes se disant chrétiens ou musulmans,
Vers le déclin du jour se mêlaient à nos rangs,
Ils avaient le front pâle et la face bilieuse
Que donne la pensée incessante et fougueuse ;

Drapés comme l'était le peuple aux anciens jours
Ils tenaient de nouveaux et terribles discours
Dont les magiques mots, les paroles vibrantes,
Jetaient comme du feu dans les âmes ardentes ;
Je vis alors sonner pour la première fois
Ce mot de libertés aux lèvres d'un Chinois,
Je frémis. Le vieillard avait ouvert ma vue
Aux sanglantes horreurs que ce grand mot remue
Et je savais qu'un peuple à genoux devant lui
Tue ou meurt, selon que le destin le conduit.
Et moi, chétif enfant d'une race vieillie,
Moi qui seul, chez les miens, au doux nom de patrie
Sentais naître en mon cœur quelque chose de grand
Sur ces aveugles-nés, voués à l'ouragan,
Sur ces fronts que bientôt briserait la tempête,
Je pleurais à l'avance et j'apprêtais ma tête.

Dans ce travail secret qui se faisait en nous
Seul aussi je goûtais pourtant un fruit bien doux.
Neh-li qui se grisait de toute mon ivresse
Et qui me comprenait à force de tendresse,
Pâle de mes tourments, pleines de mes pensers

Sur mes lèvres mêlait l'éloquence aux baisers.
Elle ne savait pas, la chère créature,
Que chacun d'eux serait payé d'une torture
Et ses bons yeux naïfs, grand ouverts me suivaient
Humides du bonheur à venir qu'ils rêvaient !

Le monde est fait ainsi : — la mort naît de la vie,
Les forts puisent leur force à notre ignominie,
Les rires du bonheur sont mêlés de sanglots,
Et comme un noir reptile embusqué sous les eaux,
Le trépas nous guettant à cet instant suprême,
Des roses de l'amour colorait son front blême.
Pendant que je vivais, sous le regard de Dieu,
Fier de moi, confiant, noyé dans le ciel bleu,
Et tel que ces oiseaux qui planent sur l'abîme
Dont leur aile imprudente ose effleurer la cîme,
Mais qui viennent le soir au penchant d'un rocher
Regagner leur doux nid que nul n'y vient chercher,
La trahison veillait — nous faisions de beaux rêves
Sur notre humble nacelle à l'ancre loin des grèves,
Dans un coin du bateau nous bénissions le sort,
Dans l'autre, des méchants complotaient notre mort !

Depuis que des clameurs emplissaient la contrée
Nos matelots avaient l'allure concentrée ;
Ces robustes géants, jusqu'à ce jour si bons,
Dont le bras vigoureux tordait nos avirons,
Recueillis autrefois des mains de notre père
Dans leurs berceaux livrés au fil de la rivière,
Où d'infâmes parents les avaient rejetés,
Esclaves naturels, vivants par ses bontés,
Ne lançaient au vieillard que des regards farouches
Et des mots de révolte arrivaient à leurs bouches.
Ces brutes, vrais enfants du fleuve aux noirs limons,
Nés, nourris, élevés entre ses flots féconds,
Plus incultes que lui, devenaient indociles,
Ils se plaignaient souvent de leurs destins serviles.
Ils allaient prendre part à des clubs ténébreux
Où leurs mauvais instincts se renforçaient entre eux ;
Le soir, entre deux eaux, se jetant à la nage
Pendant notre sommeil ils couraient au rivage.
Par d'horribles serments liés à des complots,
Ils rentraient au matin grisés par de vains mots,
Fatigués, mécontents du sort, pleins d'arrogance.
Si notre père alors blâmait leur indolence :

« Nous sommes, disaient-ils, des enfants du pays,
Ce vieillard étranger nous retient asservis !
C'est quelque criminel expulsé de sa race,
Son seul droit pour régner ici c'est son audace !
Et cependant tous trois endormis dans la paix,
En faveur des ingrats nous faisions des projets :
Neh-li disait :

        L'amour est le meilleur prophète,
Je crois à l'avenir radieux qui s'apprête :
Ce peuple malheureux n'aura plus de tyrans,
Auguste par lui-même et par le poids des ans
Notre père unira sa voix avec la tienne,
Min-tho, pour raviver notre splendeur ancienne.
Plus de bourreaux alors, mais, comme il dit si bien,
Un peuple de grands cœurs, généreux et chrétien,
Où ton nom glorieux volant de bouche en bouche
Viendra dire : bonheur.

        Un murmure farouche
Grondait sournoisement à deux pas de son front :
Vois-tu, disait l'esclave Harl à son compagnon,
Ce bras velu par qui tout obstacle se brise,
Frère, vois-tu ces dents que la fureur aiguise ?

Peut-on avec cela, sans mériter son sort,
Rester l'humble jouet de ce trio qui dort ?
N'as-tu pas quelquefois contemplé cette femme
Au corps voluptueux, aux pieds de grande dame,
Et ne t'es-tu pas dit, qu'il serait doux, un soir,
D'être enfin son seigneur ? Et qu'il ferait bon voir
Ce langoureux faiseur de chansons amoureuses
Mêler sa voix au bruit de la vague écumeuse!
Neh-li disait encor :

     Je vois dans l'avenir
Ces pauvres ignorants à notre appel grandir.
Si je reçois du ciel la faveur d'être mère,
Je veux être pour tous l'exemple tutélaire ;
A ce peuple cruel qui jette au pied d'un mur
Le fruit de son amour, comme un objet impur,
Je veux donner un cœur.

      C'est vrai, frère, elle est belle !
Disait l'autre bandit, d'ailleurs je me rappelle
Qu'un jour notre vieux maître a levé contre moi
Un morceau de bambou. — Je t'engage ma foi
Que jamais je n'en veux perdre la souvenance
Et que depuis ce jour je couve une vengeance.

Nous serons tous heureux, disait encor Neh-li,
Presqu'île des roseaux, lieu sauveur, mon doux nid !
Je veux pour t'embellir un asile rustique
Bien humble, bien obscur, sans marbres ni portique,
Avec un seul réduit pour nous deux, très étroit,
Afin d'être, Min-tho, forcément près de toi.

Il y a bien longtemps, disait Harl, que je tremble,
Je veux faire trembler. — Notre chef qui rassemble
Chaque soir les futurs vengeurs de leur pays,
Lui qui nous fait connaître où sont nos ennemis,
Ce brave compagnon dont la voix inspirée
Raconte les exploits de la horde sacrée
Et nous a fait rougir de notre abaissement,
Sera content de moi. — Le jour du mouvement
Je veux de ce Min-tho débarrasser la terre ;
— Moi, dit l'autre, je veux au vieillard téméraire
Faire expier vingt fois l'affront que j'ai senti !
Crois-tu qu'elle voudra de nous, cette Neh-li ?
Mais Harl : Mon compagnon, ton âme est mal trempée.
Qu'importe son vouloir, — si j'avais une épée
Cette femme superbe à qui nous paraissons

Moins que nos cormorans, plus vils que nos poissons,
A genoux devant moi, flatteuse et caressante,
M'offrirait bassement les faveurs d'une amante.
Tu ne les connais pas ces êtres mensongers,
Leur amour ne se plaît qu'au milieu des dangers,
La calme passion d'un sot qui les protége
Et leur fait un bonheur uni comme la neige,
Les fatigue à la longue ; il leur faut une main
Qui tour à tour déchire et caresse leur sein.
Si par un grand hasard notre belle maîtresse
Avait le goût trop pur pour souffrir ma rudesse
Je lui dirais, la femme étant un vrai trésor,
Comme tout ici-bas, c'est le lot du plus fort !
Et tu verrais soumise à ma lourde éloquence,
La rebelle domptée implorer ma clémence.

Neh-li disait encor que le Seigneur est bon,
Il nous donne un moyen de publier son nom,
A ces hommes perdus dans leur idolâtrie
Père, vous redirez la parole bénie,
Et le Christ dont par vous j'ai connu la grandeur,
Etendra jusqu'ici son règne de douceur !

Pourtant, reprit alors notre second esclave,
Ce vieillard que je hais, il est juste, il est brave,
Nous l'avons vu toujours propice au malheureux,
Il m'a frappé, c'est vrai, mais nous devons tous deux
La vie à sa pitié. — Sans notre résistance
Il nous aurait transmis sa profonde science,
Mais notre lourde main dédaigna le pinceau —
Enfin, je sais par lui qu'un Dieu règne là-haut !
— S'il est vrai, répondit d'une voix dédaigneuse
Son hideux compagnon, soumets-toi, tête creuse !
Mais n'attends rien d'un Dieu qui demeure si loin,
Pour le combat vengeur, moi, j'apprête mon poing.
Et quand le bruit du gong, roulant sur la rivière,
Appellera les forts sous leur libre bannière,
J'irai seul. —

       Notre père était triste et rêveur :
J'apprends de tous côtés d'étranges faits, j'ai peur —
On ne sait pas, dit-il, quand le peuple s'anime,
Où va le flot montant et s'il est une cîme
Qu'il n'engloutira pas — sous le but glorieux
D'arracher le pays au tartare odieux,
Et de rendre la Chine au fils des anciens princes

Je sais que des bandits agitent les provinces.
Les rebelles vainqueurs dans le pays du Nord
Vont après quelques jours s'approcher de ce bord —
Je suis vieux, mes enfants, et mon expérience
Vous manquera bientôt. — J'ai peur.

                                  Dans le silence
Les lugubres accents résonnaient suspendus,
Et tous trois embrassés nous restions éperdus.

XI.

LES TAÏ-PINGS.

Celui qui n'a pas vu le typhon de l'Asie
A la crête des flots bondir avec furie,
Sous son puissant effort le vieux chêne voler
Et les monts de granit gémir et chanceler,
Celui-là ne peut pas, fût-il cent fois poète,
D'un peuple furieux raconter la tempête,
Peindre la sombre horreur qui se lit sur tout front,
Deviner les forfaits et les hideurs sans nom

Que soulève l'orage en cette vase humaine,
Et ce que peut le monstre agité par la haine.

Mais ce soir-là le ciel était si lumineux,
L'air si tiède et si pur que nous avions tous deux
Repoussé le sommeil. Neh-li dans la journée
A son repos forcé s'était abandonnée
Et, pareille à ces fleurs qui n'ouvrent que la nuit,
De ses joyeux refrains remplissait mon réduit ;
Nos yeux charmés suivaient les milliers d'étincelles
Des flambeaux allumés sur toutes les nacelles,
Le fleuve répétait le magique tableau,
Quelques rires mêlés au bruissement de l'eau,
Comme un concert discret de l'homme et de la terre,
Signifiaient : Ici l'on aime et l'on espère.

C'est alors que l'écho de lointaines clameurs
De ce calme si doux vint arracher nos cœurs.
Je montai sur le pont, une ombre plus profonde
Avec ce bruit fatal sembla courir sur l'onde ;
Une fusée au loin s'alluma dans les cieux,
Puis une autre plus près et des cris furieux

S'élevant tout-à-coup au nord de notre ancrage
D'une inquiète horreur fit pâlir mon visage.
Tout dormait — un instant d'un silence effrayant
Régna sur les bateaux, puis l'appel suppliant
D'enfants et de vieillards et de femmes craintives
A son tour répondit aux clameurs des deux rives.
Leurs yeux lourds de sommeil dirigés vers le Nord,
Dilatés par la peur, comme devant la mort,
Devant cet inconnu qui se faisait attendre,
S'injectaient....

           Aussi loin qu'un regard peut s'étendre
Les champs de riz noyés à demi sous les eaux,
Les marais cultivés, le penchant des coteaux,
Et même par-delà les fertiles campagnes
Jusqu'aux sommets neigeux de nos vieilles montagnes,
Tout parut inondé d'un océan humain
Dont les rouges drapeaux constellaient le chemin ;
Le fleuve sillonné par des jonques de guerre
Apparaissait aussi menaçant que la terre,
Et tout cela hurlait et s'avançait toujours
Aux lugubres accents des gongs et des tambours.

Le premier rang couvert de hideuses guenilles
Montrait les rois vaincus, suivis de leurs familles,
Un peuple de captifs se traînait sur leurs pas
Les bras liés au dos, et le fer des soldats
Sur ces puissants d'hier retombait en cadence ;
Des larmes et du sang tachaient la route immense,
Et les chefs Taï-pings montés sur leurs chevaux
S'exerçaient à couper les têtes au galop.

Nulle de ces horreurs n'échappait à nos vues.
La lune s'éleva brillante au front des nues.
Une nuit d'Orient, sereine et sans vapeurs
Sur la terre souillée étala ses splendeurs.
Le lointain, rapproché comme par un mirage
Nous laissait voir la foule au grimaçant visage,
Les pommettes saillantes et les yeux inclinés,
La peau luisante, avec un reflet des damnés
Qui ressentent du feu les premières morsures,
Des captifs enchaînés nous comptions les blessures.

Notre flottille alors secouant sa torpeur
Sembla trouver pour fuir les ailes de la peur ;

On entendit la hache écraser les cordages,
Chacun s'encourageait avec des cris sauvages,
Les voiles de bambou gémissaient sur les mâts
Et les petits enfants avec leurs maigres bras
A côté de leur père aveugle d'épouvante
Attaquaient l'aviron de leur force impuissante.
Les bateaux se heurtaient avec des bruits confus,
Les plus faibles sombraient, on passait par dessus.
La vie était le prix de cette course folle ;
La vie ! O lâcheté digne de cette idole :
Un père, pour jeter un leste embarrassant,
Je l'ai vu ! dans le fleuve a lancé son enfant ;
Et la ville des eaux comme une immense épave
Roulait confusément et brisait toute entrave.
« Lâches, criai-je à ceux qui passaient près de nous,
« Pensez-vous par la fuite échapper à leurs coups ?
« Unissons nos efforts, défendons la rivière ! »
Mais le gong étouffait ma voix sous son tonnerre.
Les jonques des bandits pénétraient dans nos eaux
Il fallait fuir —

            Enfants, dis-je à mes matelots,
Levez l'ancre et sauvez ma femme et le vieux maître.

Harl ne répondit pas, mais son regard de traître
Se détourna de moi. — L'autre avait à la main
Une barre de fer et gagna le chemin
Par lequel j'aurais pu rentrer dans la cabine :
« Le maître est gai ce soir, et sans doute il badine,
« Le dos me fait bien mal pourtant, mon doux seigneur!
« Le vieux, qui dort là-bas, ainsi qu'un empereur,
« Vous dirait que ce mal a son bâton pour cause.
« Il n'a pu commander si tard pareille chose?
« Lever l'ancre? »

     Mais Harl : « Te tairas-tu, bavard?
« Ce faiseur de chansons n'est pas levé si tard
« Pour savoir si ton dos porte des cicatrices.
« Je vais lui parler, moi! »

       Le plus grand des supplices,
Ne fait pas retentir dans un cœur palpitant
Quelque chose de plus cruel et plus poignant
Que la stupide horreur où me jeta la vue
Du bandit qui montrait enfin son âme nue :
« Insensé, me dit-il, ne devines-tu pas
Que c'est notre salut à nous qui vient là-bas?

Dans l'égoïsme aveugle. où tu vivais tranquille,
Tu n'as jamais songé que cette tourbe vile
A genoux devant toi, voudrait un jour aussi
Courber sous le bâton ton orgueil endurci ?
C'est le sang du midi qui coule dans mes veines,
On le lit sur mon front, je le sens à mes haines,
J'ai soif de liberté, de pouvoir, de plaisir
Avec les Taï-pings tout cela va venir,
Ils veulent des tyrans châtier l'insolence
Et sur leurs étendards n'ont mis qu'un mot : Vengeance!
Vous êtes bien naïfs, vous autres les heureux !
La terre est un jardin qui fournit à vos vœux
Tous les fruits désirés, toutes les fleurs brillantes ;
Pour vous seuls le bull-bull, dans les branches mou-
[vantes,
Module ses concerts; pour vous aussi l'amour
Avec ses longs baisers vient remplir chaque jour;
Et vous imaginez que le loup sombre et triste
De tant de voluptés suivrait en vain la piste !
Furieux du spectacle incessant du bonheur,
Gonflé de convoitise, il cherche, le rôdeur !
L'occasion de mettre enfin sa griffe ardente

Sur ces dons inconnus dont le nom seul le tente.

Le moment est venu, c'est moi qui suis ce loup,

J'arrache enfin ma chaîne et la pends à ton cou ! »

—En achevant ces mots il saisit un cordage,

Au-dessus de ma tête il l'élève avec rage,

Puis m'enlace, et déjà dans les terribles nœuds

Tout mon corps est brisé, le sang monte à mes yeux,

Inerte, foudroyé, je lui laisse ma vie.

Je tombe sans combat, dernière ignominie !

Tout-à-coup, au milieu des clameurs, un sanglot,

Un appel déchirant vibre sur le bateau,

Un de ces cris que doit pousser la tourterelle

Quand un oiseau de proie a fracassé son aile,

M'arrive au cœur.—D'un bond, j'échappe à l'assassin,

Aveugle, ivre, je rampe, il me poursuit en vain,

J'arrache à mon gosier un cri d'espoir suprême,

J'entre dans l'entrepont, — ô douleur! Harl lui-même

Devant l'affreux tableau resta pétrifié :

Le doux vieillard, mon père, était sacrifié,

Son sang que n'avait pas voulu la guillotine,

D'une chaude vapeur emplissait la cabine,

Et le bandit armé de son bâton fumant

Attachait sur Neh-li son regard infamant.
Elle ne bougeait pas, semblant ne rien comprendre
Son bras voilait ses yeux — quand Harl voulut le
[prendre,
Je retrouvai ma force, Harl tomba sous ma main,
Déjà je me tournais contre l'autre assassin,
Mais, ce jour-là, le Dieu cruel voilait sa face,
Une immense rumeur s'éleva dans l'espace :
« Les Taï-pings ! » un choc terrible, inattendu,
Fit pencher sur le flanc notre bateau fendu,
La flotte des bandits commençait le carnage.

Neh-li tournait vers moi son radieux visage
Elle disait : « Ami, le ciel dans son courroux,
« Le ciel impitoyable est encor bon pour nous,
« Il nous laisse mourir embrassés. Notre vie
« Ensemble s'est passée, ensemble elle est finie ! »
Les pleurs brûlants mouillaient mon visage.
« O Min-tho ,
« Disait encor Neh-li, nous sommes nés trop tôt,
« Notre amour n'était pas un fruit de cette terre,
« L'oiseau de paradis sous ce ciel de colère

« Ne vient pas abriter son nid formé de fleurs,

« Le nénuphar du froid redoute les fureurs,

« Quand l'étang s'est durci, quand la glace est formée,

« Il penche tristement sa tige inanimée.

« Nous faisons comme lui, mais il est un réveil

« Où la fleur et l'oiseau reverront le soleil ! »

Son doux parler tombait musical et limpide

Sur mon cœur déchiré, dans mon esprit aride,

Et loin de les calmer sa voix que j'aimais tant

A toutes ces horreurs ajoutait un tourment.

Quelque chose d'affreux surtout me vint à l'âme

Quand je vis le bandit pencher sa tête infâme,

De son souffle ternir nos suprêmes amours

Et promener sur nous le regard des vautours ;

Je saisis mon couteau... j'embrassai mon amie

Et... je la poignardai d'une main affermie.

Morte, elle était sauvée au moins de leurs affronts.

Puis je sentis un coup terrible sur mon front,

Une fraîcheur subite engourdit tout mon être,

J'étais dans l'eau, jeté sans doute par le traître ;

La vague me roulait avec un sourd fracas,
Dernière volupté que donne le trépas,
Pour un seul sentiment mon âme encore ouverte
Planait, calme, au-dessus de mon cadavre inerte.

XII.

LA MORTE.

Et pourtant je fus lâche, il advint un moment
Où mon corps réveillé sentit l'étranglement,
Le cœur seul avait fait bon marché de la vie,
L'instinct de l'animal combattait l'asphyxie.
Oui, malgré moi, honteux de résister encor
Je me sentais bondir, lutter contre la mort;
Un instant hors de l'eau je soulevai ma tête,
Ma poitrine crispée à s'ouvrir était prête,
Le contact de l'air pur ranimait mon espoir,
Puis je plongeai, heurté par quelque débri noir,
Morceau de bois, cadavre emporté par les ondes,
Et sous mes doigts crispés ces épaves immondes

Glissaient sans aucun bruit. Enfin le corps vaincu
Abandonna la lutte, il se sentait perdu.

Combien de temps, roulé parmi l'algue marine
Ai-je flotté, perdu dans l'immense ruine?
Je ne sais. — Mais la mort ne voulait pas de moi
Car je me réveillai plus tard transi de froid,
Le corps demi plongé, le front dans la verdure,
Des arbrisseaux fleuris caressaient ma figure,
Mon regard terne errait sur ces objets nouveaux,
Dérision ! c'était notre nid des roseaux !

Berceau de mon bonheur, ô ma douce presqu'île,
Mes sanglots ont troublé ton solitaire asile,
Mes larmes ont coulé sur tes buissons touffus,
Te revoir est un bien que je n'espérais plus.
Je veux mourir ici, mais avec chaque plante
Je veux causer d'abord, la mort, hélas ! est lente,
Avant de m'emporter elle me laissera
De longs instants encor ce lieu les charmera ;
C'est ici qu'en mes bras je la serrais sans crainte,
La terre garde là son amoureuse empreinte,

6

Le parfum de ces fleurs est aussi son parfum,
Le murmure du vent, ce bruit n'en est pas un,
C'est sa voix qui là-bas dans les roseaux s'élève,
O Dieu consolateur, fais durer ce doux rêve !
O trépas qui m'attends caché sous tant de fleurs,
O dévorante faim dont je sens les fureurs
Menacer cette vie à peine préservée,
Du fantôme charmant de l'amante enlevée,
Faites-vous précéder en approchant d'ici,
Sinistre voix des flots parle-moi de Neh-li !

Cependant mon regard attaché sur le fleuve
De l'œuvre des bourreaux avait l'horrible preuve,
Dans les sillons de l'eau que de spectres pâlis !
Visages de vieillards contractés par la crainte,
Doux visages d'enfants où je voyais l'empreinte
              Du sabre qui les a meurtris.
Longs vêtements épars, flottantes chevelures,
Qui ne pouvaient couvrir d'exécrables souillures,
Tout cela vers la mer descendait lentement ;
L'horreur loin de mon front chassait toute pensée,
A genoux dans la fange et la tête baissée

Je croyais voir rouler comme une mer de sang.

Puis vint le premier feu de la naissante aurore,

Un long jet de clarté sur le fleuve glissait,

Dans chaque flot déjà le rayon frémissait,

Le front des trépassés semblait plus pâle encore !

Et je leur demandais : Est-elle parmi vous ?

Le fleuve est-il chargé de ce fardeau si doux ?

Le courant viendra-t-il l'apporter sur la rive ?

Le cortége lugubre allait à la dérive,

Les morts, indifférents à tout dans leur trépas,

Se suivaient et mes yeux ne l'apercevaient pas.

Un bruit léger troubla tout-à-coup le silence

Comme si l'aviron s'agitait en cadence

Sous la main d'un rameur ; je relevai le front

Et je vis s'avancer du bout de l'horizon

Un oiseau qui fendait joyeux les flots rebelles.

Le souffle du matin se jouait dans ses ailes,

Le cou tendu, lancé dans un rapide essor,

Il nageait, —

      Près de lui, comme un enfant qui dort

Calme dans son berceau, mais plus rigide et blême,

Dans ses longs voiles bleus je la vis elle-même.
Le flot la caressait d'un murmure argentin,
Le courant la portait vers le bord, et sa main
Que la vague agitait, de loin semblait me dire :
« Le Ciel à tes baisers ramène la martyre. »

Elle alla s'échouer paisible au bord de l'eau,
Avec elle à mes pieds vint s'arrêter l'oiseau
Je reconnus alors son cormoran fidèle,
Il paraissait vouloir la couvrir de son aile,
Et quand je m'approchai du cadavre adoré
Contre elle, tendrement je le trouvai serré !

Mais moi, je me jetai la face contre terre,
J'avais le sein gonflé d'une immense colère :
Ce n'étaient plus des mots qui pouvaient l'exprimer :
L'orage qui venait en moi de s'allumer
N'avait plus rien d'humain dans son élan suprême,
Mon être révolté n'était plus qu'un blasphême,
Je criais ma douleur, j'arrachais les roseaux
Et mes gémissements couvraient le bruit des eaux.

Puis quant le jour grandit, quand le ciel d'un bleu sombre
Apparut plus profond en se dépouillant d'ombre,

Quand la lune cacha son disque large et blanc
Au-dessous des taillis inclinés par le vent,
Dans ce cercle sublime où tressaillait la vie,
Je ne vis plus la morte à la lèvre pâlie,
Sur son rigide front il me sembla revoir
Errer les songes gais de son sommeil du soir,
Je cherchai malgré moi son haleine embaumée
Et je te profanai peut-être, ô bien aimée !
Car ma bouche à la tienne, en dépit de la mort,
D'un suprême baiser demanda le transport;
Hélas ! rien de vivant ne tressaillit en elle,
C'était bien un cadavre, à ma raison rebelle
Tout le disait, hélas! et j'étais son bourreau !

Pour cet ange envolé, que le trépas fut beau !
Qu'il dut paraître bon à cette âme si pure
De remonter là-haut sans tache et sans souillure !
Messagère du ciel, elle vint près de moi,
Vécut d'amour vingt ans, et dans un jour d'effroi,
Par ce monde pervers quand elle fut froissée,
Vers son berceau divin elle s'est élancée,
Et moi? Non, je n'ai pas été son assassin.

Dieu l'a faite lui-même endormir sur mon sein ;
De son dernier regard, de sa dernière étreinte
Je suis dépositaire, et je verrai sans crainte
Ton œil profond et clair s'arrêter sur le mien
Quand nous serons unis plus tard, ô mon seul bien !

O fleur qu'un chaud rayon du soleil de l'Asie
Dans un coin retiré fit éclore à la vie !
Pendant qu'un rude hiver sévissait à l'entour,
N'est-ce pas que mon bras fut guidé par l'amour ?
L'orage était si grand, la terre était si dure,
La neige aurait rempli ton sein de sa froidure,
Aucun de tes parfums n'aurait pu s'épancher,
L'avalanche roulait déjà sur le rocher.
J'ai triomphé du sort par mon œuvre sanglante
N'est-ce pas que c'est mieux, ô fleur, ô mon amante ?
C'est mieux ! et cependant sous ce tissus léger
Quand j'entrevois la plaie, un frisson passager
Fait trembler tout mon corps —
            C'est mieux ! mais c'est horrible !
Dieu d'amour et de paix, dans cet être insensible
Avez-vous mis vos dons les plus chers, les plus beaux,

Pour la livrer parée au fer de ses bourreaux?
Quand votre nom volait de son cœur à sa bouche,
Deviez-vous susciter une horde farouche?
Seigneur que nous aimions, quel fut votre dessein
En la faisant cadavre, et moi, — son assassin?

L'univers reste sourd à la voix qui supplie;
Mais le crime répond :

                          Penché sur mon amie,
Je pleurais quand je fus saisi par les cheveux....
En attendant la mort, j'avais fermé les yeux;
Mais les hideux bandits qui forçaient ma retraite
N'avaient rien à gagner en cassant ma tête,
Et je devins captif. L'un d'eux poussa du pied
Neh-li dans le vieux fleuve, après m'avoir lié,
Et comme demi-mort de faim, j'allais à peine,
Il me fit avancer en tirant sur ma chaîne.

. . . .

XIII.

LES BANDITS.

Or, sachez-le, lecteur ami, ne vous déplaise,
En écoutant Min-tho, j'étais mal à mon aise :
On n'a pas tous les jours sous les yeux et saignant
Un cœur humain brisé par un passé poignant,
Et devant ce débris fracassé d'une vie,
Vase en morceaux, duquel la liqueur est sortie,
Et qui ne donne plus qu'un son triste et fêlé,
Avec la vague odeur du parfum envolé,
Je me disais : broyé dans un pareil orage
Eussé-je combattu comme a fait ce sauvage?
Dans les folles amours qui naissent sous nos pas,
Nés presque sans motifs, enterrés sans débats,
Rappelés chaque soir quand finit le service,
Et bien vite oubliés si l'on n'est plus novice.

Sommes-nous les égaux de ces fils d'Orient?

Justement ma Zéline avançait en riant :

A ce propos, lecteur, il faut que je m'empresse

De vous faire un portrait en pied de la drôlesse.

Figurez-vous deux yeux, grands à n'en plus finir,

Une bouche mignonne, une jambe à ravir,

Joignez à tous ces dons une absence d'idée

A rendre une brebis jalouse, et décidée!

Volontaire! gourmande! avec de petits cris

Charmants.— Voilà Zéline! aussi vrai que j'écris.

« Ça, que fais-tu, dit-elle, avec ce vilain diable?

Il se fait tard, j'ai faim, j'ai soif, allons à table!

Viens-tu, cher? —

                    Un instant.

                              — A ton aise! je vais

Avec ton ami Paul aller prendre le frais.

Paul est un grand gaillard, officier de marine,

A qui tous ces yeux noirs trouvent fort bonne mine.

Zéline en mots très clairs me désignait mon sort,

J'allais la rappeler, trop tard! dans son essor

Le lutin avait fait deux cents pas sur la plage,

Je soupirai d'abord, puis criai : bon voyage!

Et je me rapprochai de mon nouvel ami,

D'un désir curieux je me sentais saisi :

Mais le malheur nous rend méfiants, et l'esclave

Sans répondre à ma voix me tendit sa main hâve :

« Donnez au pauvre vieux, un sou, mon officier ! »

Je souffre, répondis-je, à te voir mendier ;

Prends ceci, mais finis ta douloureuse histoire.

Qui t'a conduit chez nous ?

                 Min-tho perd la mémoire

Quand il n'est plus tout seul avec son souvenir :

Il ne parlera pas, raconter c'est souffrir ;

Un petit sou ! dit-il —

                Sa pauvre main tordue,

Pleine encore de mes dons demeurait étendue :

Il n'avait pas senti mon aumône y glisser,

« Voyons, c'est un ami que tu vas repousser ;

« Parle-moi ! —

               Tout-à-coup je vis sur son visage

Un flot de pleurs couler :

             « Tu le veux, c'est dommage !

Dit-il, en me jetant un regard de côté,

Je vais récompenser bien mal ta charité ;

Ce que tu m'as surpris de ma lugubre vie
Etait déjà souillé de meurtre et d'infamie,
Le reste va jeter le dégoût dans ton cœur.
Tu me plaignais un peu, je vais te faire horreur.

Je ne fus pas longtemps le captif de ces drôles :
Une nuit le carcan tomba de mes épaules ;
Tant d'esclaves avaient encombré notre camp,
Que le vainqueur se vit forcé d'être clément.
On m'offrit de servir la Cause! et comme un lâche
Je prêtai le serment. D'un coup de sa cravache
Notre chef me poussa dans le troupeau guerrier,
J'étais un Taï-ping, je voudrais l'oublier!
Sais-tu pourquoi broyé dans l'odieux rouage
De ta société d'Europe, où l'on outrage
Les plus saints mouvements que Dieu mit dans les
                                    [cœurs,
Où sous des noms pompeux, sous des titres menteurs,
Tous les vices hideux des races condamnées,
Se promènent au jour, brisant vos destinées,
Sais-tu pourquoi sans plainte on m'a vu tout subir?
C'est que je n'ai besoin d'expier, de souffrir,

C'est que je n'ai pas su conserver sans souillures
L'auréole que met au front des créatures
Le malheur supporté. — J'ai jeté mon fardeau ;
Las d'être un opprimé, je me suis fait bourreau.
Et maintenant, volé par vos agents rapaces
Qui viennent dans nos ports se livrer à des chasses
Dont un gibier humain est le malheureux prix,
Sous le nom d'engagé je me suis vu surpris,
Amené dans ces lieux, traité comme un esclave,
L'avarice a rongé ma force sans entrave,
Un maître m'a courbé sous son joug odieux,
Puis chassé de son toit comme un cheval trop vieux.
Eh ! bien, ce n'est pas trop, le vaincu se résigne,
J'ai mérité mon sort, je fus un Taï-ping !

Oh ! quels égorgements ! Oh ! les belles tueries !
Vous ne connaissez pas, vous, races engourdies,
Que l'appât seul du gain quand vous êtes Anglais
Ou qu'un stupide honneur quand vous êtes Français,
Lance à travers les flots sur vos vaisseaux rapides,
Vous ne connaissez pas les aurores livides
Que l'homme d'Orient voit lever au matin

Quand sa rage lui fait haïr le genre humain.
Vous ne devinez pas la volupté sanglante
Qu'il éprouve à choisir la mort pour son amante,
Le meurtre pour plaisir, et quant tout ce qui vit,
Tout ce qui peut sentir devient son ennemi,
Quand il voudrait broyer sous sa hache de guerre
Tout ce qui n'est pas lui, puis lui-même, et la terre?

Mon ami, le vieillard, m'a jadis raconté
Qu'à Waterloo votre aigle à son tour fut dompté;
C'était, me disait-il, une immense hécatombe.
Et bien! j'ai vu béante une plus large tombe.
C'était la France encor, sur l'horrible plateau,
Qui luttait avec vous, et ce trépas fut beau; [braves,
Dans l'air chargé de poudre et dans le cœur des
Le volcan redouté qui projetait ses laves
Même chez les Anglais doit être respecté,
Car la voix du canon mugissait : Liberté ! —
Mais nous! mais moi! bourreau fatal de toutes choses,
J'ai fait couler le sang, j'en cherche encor les causes.
Quand le sabre affilé pénètre dans les chairs,
Connaît-il la pitié? Quand il tranche les nerfs

Sait-il que la victime hurle son agonie?
Il est fait pour couper, — il coupe! A cette vie
Pourquoi donner un prix que rien autre n'atteint?
Le marbre est plus brillant et plus dur que le sein,
On le casse à loisir, pourquoi respecter l'autre?
Voilà notre symbole, et je fus un apôtre
Qui rendit témoignage à toute heure du jour,
Et Neh-li fut vengée —

                 O mon premier amour!

Je blasphême ton nom et de martyre et d'ange
Quand j'ose le mêler à cette ignoble fange.
Non, tu n'es pas vengée et ton regard béni
Se détourna de moi quand je devins bandit,
Ce fut l'obscurité qui tomba dans mon âme
Quand ta mort éteignit devant moi toute flamme. —
Une fois seulement ton ombre m'apparut :

Nous étions fatigués. Nous avions mis à nu
Un pays quatre fois grand comme votre France.
Des mandarins menteurs troublant la somnolence,
Notre gong insolent vint gêner le repos.
Ces gens-là n'avaient pas entendu les sanglots
Du peuple exterminé ; mais nous touchions leurs portes

Ils eurent peur; on fit assembler les cohortes.

Un changement subit se fit alors en nous :

Plus de brigands! devant les soldats en courroux

Apparut un troupeau d'artisans respectables.

Moi, Taï-ping? jamais! ces bandits exécrables

M'ont pris tout mon avoir, mais je suis ouvrier

Min-tho, fils de Min-tho, pêcheur et batelier.

Même le mandarin, content de ma figure,

Eut pitié! me fit don d'une robe de bure.

D'un bateau que la mort avait fait sans patron

Je me déclarai maître, et je devins d'un bond

Paisible citoyen, bien plus, propriétaire;

La vertu même à tout.... avec un cimeterre.

Nos chefs trop compromis pour rester avec nous,

Aux provinces du Nord s'étaient retirés tous;

Mais la tourbe sans nom qu'ils laissaient à leur suite,

Écrasée un moment, se ranima bien vite.

Les mandarins naïfs qui s'étaient rendormis

Virent avec terreur des loups dans ces brebis.

En plein jour, nos héros pillèrent les boutiques,

On égorgea les gens sur les places publiques.

Je fus sollicité vainement plusieurs fois
De venir prendre part à ces nouveaux exploits.
Un jour pourtant, j'étais étendu sur la roche
Au bord, près de ma barque.

                Un étranger s'approche :
Eh ! brave homme, veux tu, dit-il, me promener ?
Pour fréter ton bateau que faut-il te donner ?
— Je reconnus l'accent de la race maudite,
Cet homme était Anglais — je m'inclinai bien vite
Touchant presque le sol, et du ton le plus vil :
Où faut-il vous mener, Seigneur ?

                   Parbleu, dit-il,
Conduis où tu voudras ma personne ennuyée,
Le temps est aussi laid que ta face mouillée ;
Je trouverai partout de la terre ou de l'eau,
Et le spleen va me suivre à bord de ton bateau ;
Pousse en avant toujours.

               Je mis à flot ma barque
Et je ramai,

          Je fais, dit-il, une remarque :
Tu ne bavardes pas comme font tes égaux ;
Quoique sujet anglais, j'aime fort leurs propos ;

Voyons, cause, maraud, il faut que l'on m'amuse,
Que dit-on parmi vous ? —

Seigneur, faites excuse,
Je ne suis qu'un pêcheur, je vis fort retiré —
— Oui, — je sais la chanson, mais elle a trop duré,
Vous êtes des malins, vous autres gens du fleuve,
Conspirateurs le soir, le jour on fait peau neuve ;
Mais ce n'est pas à moi, vieux coureur de pays,
Qu'on fait croire cela ; je sais que tes amis
Les bateliers se sont réunis par centaines,
Sans doute ce n'est pas pour dire des neuvaines.
Vous n'êtes pas contents des mandarins, dit-on,
Des bandes Taï-pings errent dans le canton ;
Eh ! parbleu, ce n'est pas notre libre Angleterre
Qui vous empêchera de mener vos affaires.
— Vraiment, seigneur, lui dis-je avec un ton niais,
Pourtant les Taï-pings ont contre eux les Anglais ?
— Je vois que tu n'entends rien à la politique.
Pour soutenir le prince et la chose publique,
Nous, gens civilisés, nous étions obligés
De marcher en avant, mais les temps sont changés :
Le sublime empereur a dit dans la gazette

Que, pareils à des flots battus par la tempête,

Les rebelles vaincus étaient pulvérisés ;

Cela doit être vrai — mais les gens avisés

Veulent voir de leur yeux ; d'ailleurs je hais la vie

Quand elle doit couler dans la monotonie :

J'ai donc quitté Péking pour les pays du Nord,

Et tel que tu me vois, si je suis sur ton bord

C'est comme Taï-ping — Vous ?

Moi ! ton sot visage

M'est connu, — je t'ai vu, j'en suis sûr, à l'ouvrage :

Ce jour où nous avons ici donné l'assaut

J'étais en amateur, tout marcha comme il faut !

— Je ne me souviens pas de votre seigneurie. —

— Vraiment, ce cher garçon, voyez comme on oublie !

Et quand nous avons tout saccagé sur les eaux

Tu sais, au Yan-tse-Kiang dans l'un de vos vaisseaux

J'étais aussi monté. —

Que dites vous ?

En tête !

Sur le premier, ma foi, ce fut un jour de fête.

Dans la ville des eaux nous tracions un chemin

Comme un coin dans le cœur d'un chêne entre soudain.

Nous avons tout broyé —

         — Vous étiez sur le fleuve !

Mais oui — dans la première jonque

              O Dieu !

                    La preuve

Et que j'avais un lot d'opium que j'ai vendu

Un prix fou, ces gens-là fumaient à corps perdu.

A bord de mon vaisseau l'équipage était ivre

Et je dus lui montrer la droite route à suivre.

— Vous étiez sur le fleuve ? à vendre du poison ?

— Quel poison ? de l'opium ? Tu ressembles, garçon,

Au renard qui faisait fi du fruit d'une vigne :

Il n'y pouvait atteindre et la trouvait indigne ;

J'en ai justement là, vois dans un sac de peau,

Je comptais t'en offrir pour ta peine un moreau.

— Le démon me mordait plus fort à chaque phrase,

Il avait de l'opium ?

              —Mais puisque avec emphase

Tu blâmes mon petit trafic, tu n'auras rien.

Revenons vers le bord.

           Moi, plus hideux qu'un chien

En arrêt à deux pas d'une chair corrompue,

Je restai haletant.

              Il pâlit à ma vue,
Chercha des yeux une arme, enfin riant à faux : ·
— Hypocrite, dit-il, laisse donc tes grands mots.
Tu sèches du désir de fumer, sur mon âme,
Que ne le disais-tu, tiens voilà le dictame ;
Vingt perles, c'est de quoi rêver pendant deux jours,
Allons, prends et retourne au port.

                         J'étais toujours
A demi renversé sur mon banc, l'œil farouche;
Le désir m'avait mis la salive à la bouche.
Je pris l'infâme drogue et souris à l'Anglais,
Son sac d'opium et lui, tous deux je les tenais!
Il paraît que l'enfer illuminait ma face,
Car le lâche entre nous mit un plus long espace,
Et moi je jouissais de voir ses dents claquer,
Ses cheveux se raidir et le cœur lui manquer.
— Entendons-nous, dit-il enfin à voix sifflante,
Et modère tes yeux dont l'éclat m'épouvante.
Tu hais les Taï-pings, tous les goûts sont permis.
Moi-même je n'ai pas été de leurs amis
Pendant plus de dix ans — j'étais le capitaine

D'un petit bataillon — c'est au nom de la Reine
Que je marchais alors — j'étais pour l'Empereur
Voyons, parle-moi, frère...

                                    Il tremblait de terreur,
Mon regard le fouillait au plus profond de l'âme.
— Où serviez-vous alors? demandai-je à l'infâme.
— Dans plusieurs ports de mer j'ai tenu garnison.
— En dernier lieu?

                            Je cherche.... —

                                    Allons, vite le nom!
Il répondit : Je fus un instant sans pensée,
Ce nom était celui du bourg de Confutzée,
La maison de Neh-li se trouvait à vingt pas.
La surprise, l'horreur se livraient des combats
Dans mon cerveau brûlant — quand je fus un peu
                                                [maître
De mes impressions, je bondis sur le traître,
Je le pris à la gorge et le mis sur le dos,
Puis je cherchai son cœur pour loger mon couteau.
Il demandait merci d'une voix étouffée.
Anglais, lui dis-je alors, souviens-toi du trophée
Que tu volas un jour, souviens-toi de Neh-li —

Car je te reconnais, c'est toi, lâche bandit
Qui l'as prise à mon bras le jour des fiançailles.
— Il se mit à trembler jusqu'au fond des entrailles.
— Pitié, fit-il encor, au nom de cette enfant !
Elle resta sans tache, — au nom du Dieu vivant
Je le jure —

            A ces mots l'image vénérée
Entre l'infâme et moi sembla s'être placée ;
Je la vis, et ma main se desserra. Ses yeux
M'apparurent noyés de pleurs silencieux,
Elle montrait le ciel de son bras incolore
Et disparut, ainsi le parfum s'évapore.
Plus faible qu'un enfant, je retombai brisé,
Oublieux de l'Anglais, pauvre corps épuisé,
Replié sur moi-même et buvant mon ivresse,
J'avais fermé les yeux pour revoir ma maîtresse,
Je lui parlais du cœur :

            « Ainsi tu ne veux pas,
« Fantôme radieux, de ce nouveau trépas.
« Je t'offre, ô ma Neh-li, la victime en hommage ;
« Qu'il vive, pour avoir évoqué ton image,
« Qu'il vive parce qu'il entendit autrefois

« Le doux gazouillement qui composait ta voix,

« Et qu'il lui fut donné jadis, pendant une heure,

« Avec ton souffle frais d'embaumer sa demeure. »

. . . .

On dit avec raison l'Anglais homme pratique,

Le mien, qui m'observait d'un regard diabolique,

Respira fortement d'abord, puis s'aperçut

Qu'entre les avirons un fort lien tendu

Les avait empêchés d'aller à la dérive;

Il les saisit d'un bond et rama vers la rive,

Moi de la tête aux pieds caché par mon manteau,

Je m'étais étendu sur les bancs du bateau,

Et là je torturais ma pensée en délire

Pour évoquer encor le fantôme et lui dire

Tout ce qui palpitait en moi ; c'était en vain,

Mais l'opium de l'Anglais se trouva sous ma main ;

Guidé par mon instinct comme un aveugle brute,

Je me mis à fumer sans remords et sans lutte ;

Le monde disparut, mon âme s'engourdit,

L'ivresse me plongea dans l'infernale nuit.

Un choc me réveilla, nous touchions le rivage,

L'Anglais tout pâle encor découvrit mon visage,
Je le vis s'incliner, reculer de dégoût,
Hésiter un moment, puis se dresser debout,
Jeter les avirons loin du bord, prendre terre,
Mettre la barque à flot d'un geste de colère.
Je subissais mon sort sans pouvoir l'empêcher.
Il monta lentement au plus prochain rocher,
Me contempla de loin suspendu sur l'abîme,
Et d'un sourire amer insulta sa victime.

Tout devait s'achever avec cette journée,
Mais je suis le jouet d'une âpre destinée,
Un pêcheur m'aperçut dans mon dernier sommeil,
Il eut pitié sans doute, attendit mon réveil,
Et me reconduisit à la ville prochaine.
Là d'un vaisseau français je vis le capitaine :
Il m'offrit le passage à son bord, et de plus
Un brillant avenir sous des cieux inconnus;
Hélas! je n'en voulais pas tant, je signai l'acte,
J'engageai pour sept ans mon travail, et ce pacte
Fut une délivrance; en m'éloignant des lieux
Où j'avais tant souffert, j'étais presque joyeux —

Eh bien ! ce n'était pas assez d'ignominie,
Des tourments plus abjects ici guettaient ma vie :
Engagé librement, venu de mon plein gré,
Comme un esclave vil je fus considéré,
Ces obscures douleurs, cette honte suprême
M'ont enfin achevé ! je meurs....

                Sur son front blême
La sueur en effet se répandit soudain,
Je sentis se raidir dans la mienne sa main,
Et dans ses yeux mourants fixés sur mon visage
Une flamme d'adieu passa — puis un nuage
Les couvrit à jamais — Min-tho ne souffrait plus.

Vous ne saurez jamais, ô vous, cœurs ingénus,
Tout ce qu'il faut subir de petites misères.
Quand on ose appeler ces pauvres gens nos frères :
Des hommes au teint jaune avec des yeux bridés !
Les ouvriers du port étaient bien décidés
A ne pas fabriquer le cercueil de l'esclave,
Mais moi je respectais le cadavre d'un brave.
Et je fis de ma main, devant tous les rieurs,
La bière du Chinois au prix de mes sueurs ;

J'allai le déclarer moi-même à la mairie.
Un fonctionnaire gras, à face réjouie,
Daigna rire tout haut en voyant un soldat
Pour un Chinois obscur remplir un tel mandat,
A punir l'insolent je ne pouvais descendre.
Dans un pauvre haquet on mit la pauvre cendre.
Un nègre me prêta le secours de son bras,
Et moi je le suivis lentement, chapeau bas.

Nous sortîmes du bourg par la Porte-de-France.
Quelques oiseaux des champs troublaient seuls le
                                        [silence ;
Ils voletaient gaîment d'un et d'autre côté,
Chaque rameau fleuri par le cercueil heurté
Laissait tomber sur nous des gouttes de rosée :
Eau bénite du ciel par l'homme refusée.

Nous marchâmes longtemps dans les sentiers moussus,
Je priais à voix basse, et sous les bois touffus
J'apercevais au loin des formes vaporeuses,
Etait-ce sa Neh-li qui courait sous les yeuses ?
Mais le bois s'éclarcit, on aperçut la mer,

C'est dans le sable chaud baigné par le flot vert
Que nous avons creusé son solitaire asile. —
Et quand tout fut fini, quand la vague indocile
Commença de chanter à l'oreille du mort
En battant sur le roc son éternel accord,
Vers ce ciel coloré de sa teinte implacable
De ce bleu pur si doux quand la vie est aimable,
Si dur à contempler pour des yeux affligés
Dont l'orage est au cœur et qui sont outragés
Par ce calme profond de toute la nature
Qui devrait, semble-t-il, partager leur torture,
Vers ce ciel égoïste, alors je me tournai
Et je dis au Seigneur : pourquoi donc est-il né ?

Il ne demandait pas à connaître la vie,
Sans doute à vos côtés, auprès de son amie,
Dans votre Paradis splendide il souriait,
A l'âme de Nel-hi son âme se liait.
Dans la langue divine ils chantaient vos louanges,
Ces misérables cœurs étaient alors des anges ;
Vous avez dit : vivez ! souffrez ! ils ont vécu,
Il a tué Neh-li, puis la mort l'a vaincu,

Et devant vos genoux dans la haute demeure
Ce guerrier renversé vous implore à cette heure,
Et je demande encor à quoi bon ces tourments ?

Ainsi le Christ est né, c'est depuis deux mille ans,
Le monde européen a presque le vertige
En se voyant porté de prodige en prodige,
L'homme de mon pays se découvre si fort
Qu'il ne sait plus combien durera son essor :
La voix de la vapeur, l'éclat de l'étincelle
Qui plonge et sort des eaux dans un câble fidèle,
Tout cela fait si bien, mensonge et vérité,
Que le cri des martyrs ne peut être écouté.
Cette clarté qui luit sur quelques points du monde
Laisse le reste en proie à la nuit plus profonde :
Paris, Londres, sont pleins de joie et de grandeur,
Mais ils n'entendent pas la Pologne qui meurt ;
New-York s'est proclamé la ville impériale,
Mais c'est le révolver qui lui sert de morale ;
Et de ces lieux si beaux, monuments de l'orgueil,
De ces palais dorés examinez le seuil :
Sondez ce que cet or recouvre de misère.

Cherchez le sang humain qui cimenta la pierre,
Vous trouverez sans peine habillé d'un lambeau
Le dernier mohican ivre dans le ruisseau :
L'eau de feu l'a vaincu, l'opium dompte l'Asie,
Car les Anglo-Saxons s'entendent à la vie,
Ils savent extirper un peuple de ses champs
Sans sabre ni soldats, avec quelques marchands.

O France ! ò vieux pays dont l'âme est toujours grande,
Au moderne Moloch refuse ton offrande,
Ne colonise pas s'il faut pour réussir
Comme font ces maudits, débaucher, avilir :
Laisse-les se vanter de posséder la terre,
De t'avoir pris le Gange inondé de lumière,
Le Saint-Laurent rapide où nos frères perdus
Gardent du bon vieux temps les accents ingénus.
L'Inde tressaille encore au noble nom de France,
Et le Canadien sait quelle est sa naissance ;
Carthage aussi régnait sur des milliers de ports :
Les Romains sont venus, les puniques sont morts.
Ne colonise pas ou dans les nouveaux mondes,
Aux terres d'Orient qu'ils rendent infécondes,

A ces peuples enfants qui nous tendaient les bras,

Et que l'on civilise à force d'attentats,

En montrant tes soldats, ton drapeau tricolore

Dis-leur que nos aïeux l'ont fait couleur d'aurore

Pour annoncer à tous au cri de liberté

Qu'un jour nouveau se fait devant l'humanité !

Si tes fils ont besoin que la bataille épuise

Cette ardeur aux combats dont la jeunesse est prise

Et qu'on retrouve en eux comme chez les Gaulois

Qui parcouraient le monde en cherchant des exploits,

Il est, dût aux Anglais les trouver ridicules,

Des hydres à dompter pour de nouveaux hercules,

Des peuples à sauver, des droits à soutenir,

Des assauts dans lesquels il est beau de mourir.

Qu'ils n'aillent pas au loin, en caravane armée,

Du zèle des Cromwell se disant animée

Répandre sur le monde, en parlant du Très-Haut,

   Des bibles..... et du calicot.

Ce ne sont plus les saints aux noires chevelures

Qui parlaient de Jésus surtout aux malheureux

Et qui du chevalet supportaient les tortures
    Sans une larme dans les yeux.

Eux ne repoussaient pas les puissants de la terre,
Mais c'est au pauvre seul, à ce déshérité
Qu'ils daignaient expliquer la règle moins austère
    Du Dieu de paix et de bonté.

Ceux-ci sont des marchands déguisés en apôtres.
Peuples infortunés qui pliez sous le faix,
Pour des dieux ennemis s'il faut changer les vôtres
    Loin de vous le Dieu des Anglais!

Allez près de celui qui mourut au Calvaire,
Qui nourrissait le peuple accouru sur ses pas,
Qui chassait les marchands du temple de son Père,
Qui sauvait le gentil et ne l'exploitait pas.

Et vous que le destin souvent aidé du crime
Fit les maîtres du monde, Anglais, Russe, arrêtez,
Songez que le Très-Haut est penché sur l'abîme
Et qu'il compte à part lui, les coups que vous portez.

Tremble surtout, vénale amante de la force,
Terre du sens pratique et des calculs honteux,
Qui sais trouver à temps quelque trompeuse amorce
Pour jeter l'oppprimé dans tes piéges hideux.

Toi qui sais à propos digérer une offense,
L'Orient dévasté t'appelle avec courroux
Et dit comme autrefois l'humble Jeanne de France :
            Anglais, je meurs par vous !

Mais songe à l'avenir, instruit par ton histoire
Le monde tout entier se lèvera soudain
Et des peuples détruits évoquant la mémoire,
            Brisera ton casque d'airain.

Alors nous te verrons renversée, impuissante,
Au milieu de tes mers comme un Titan brisé,
Et la vague à tes bords jettera frémissante
            Ton dernier vaisseau fracassé.

Mais au nom de celui qui dort sous cette terre
Je ne veux pas finir par un cri de colère.

La force de Min-tho, la grâce de Neh-li
Qui sont les traits saillants de cet humble récit,
Unis au mâle cœur du bon vieillard leur père,
Dans le sombre tableau sont pour moi la lumière.
Le Yang-tse-Kyang a donc un jour vu sur ses eaux
L'amour et la vertu sous les traits les plus beaux;
Ils sont morts !
        Et là-bas, aux confins de l'Asie,
Nos vices sont allés empoisonner leur vie ;
Car ce sont des bandits sortis de notre sang
Qui prêtent leur épée à ces peuples enfants.
La guerre se bornait chez le Chinois fantasque
A se peindre de rouge, à revêtir un masque,
A pousser de grands cris. Nos guerriers sans emploi,
Du fusil, du canon leur ont appris la voix,
Et jouet maintenant d'un horrible délire
Plus cruel, aussi fou, l'Orient se déchire,

    .   .   .   .

O vous que le destin a fait naître si haut
Que l'appel des petits n'a plus qu'un faible écho,

8

Vous à qui des milliers de bouches avilies
Conseilleront un jour toutes les tyrannies,
Vous apprendrez bientôt de quelque bas valet
Que d'un limon plus pur l'Eternel vous a fait,
Que le trône est un don mis dans votre famille ;
Déjà dans vos regards un feu d'orgueil pétille,
Et quand le soir venu, cessant d'être empereur,
Votre père en rêvant vous presse sur son cœur,
Quand vous êtes au bras de votre sainte mère
Et que tous trois unis vous faites la prière,
Si vous les entendez rappeler le passé
Où les mots de prison, d'exil, à flot pressé
Tombent sur votre front de leurs bouches augustes,
Vous répétez tout bas : Ces temps étaient injustes,
Mais l'avenir prospère est à moi tout entier!
Enfant, c'est une erreur et c'est un dur métier
Que celui de régner, même aux heures tranquilles
Qui succèdent chez nous aux discordes civiles.
Et quand vous serez chef suprême, incontesté,
Votre pouvoir n'aura sa légitimité
Qu'en sachant assurer aux forces de la France
Un de ces buts qui font pardonner la puissance.

Sinon, quand vous seriez le démon des combats,
Tout comme votre aïeul qu'ils ont tué là-bas,
Quand vous auriez la froide et profonde pensée
Qu'au front de l'empereur la fortune a fixée,
Vous trouveriez un jour, et la France avec vous,
Quelqu'abîme entr'ouvert dont Dieu nous sauve tous !

Mais, chef d'un peuple libre, à qui votre jeunesse
D'un avenir brillant paraît une promesse,
Pensant comme doit faire un magistrat français,
Voulez-vous être fort et certain du succès ?
Dans votre fier regard enveloppez la terre,
Aux peuples attaqués par un mal séculaire
Envoyez les secours que la France autrefois
Distribuait si bien des Russes aux Siamois.
Ne laissez pas tomber entre des mains avares
Cet extrême Orient guetté par les Tartares —
A des peuples nouveaux qui cherchent le chemin
La France est une sœur et doit tendre la main.
Ainsi vous lutterez contre l'hydre saxonne.

Mais je vois que bien loin ma muse s'abandonne;

Vous êtes un enfant, elle aussi, car sa voix

Résonne hors de mon cœur pour la première fois.

Laissons à l'avenir le soin de faire éclore

Les rameaux glorieux que nous garde l'aurore.

Puissé-je quelque jour avec de plus beaux vers

Répéter votre nom béni de l'univers,

Et n'ayant plus de mort douloureuse à redire,

Pour un chant triomphal toucher mon humble lyre.

THE-RULE.

UN DERNIER MOT

MESDAMES ET MESSIEURS,

On dira que je suis chauvin. — C'est vrai. — On dira que je suis injuste envers les Anglais, et que leur séjour en Asie est pour l'Inde un moyen de civilisation et de bonheur..... à venir. — C'est encore vrai; mais les marchands d'opium auront été les agents aveugles d'une Providence qui fait toujours sortir un bien des plus grands fléaux, et je ne vois pas là une excuse pour les organisateurs de famine. Le feu aussi purifie l'air, et cependant on a inventé les pompiers.

D'ailleurs, je le répète, il s'agit ici de l'Anglais de Pitt et de Wellington ; pour l'Anglais d'aujourd'hui :

« Ce commis-voyageur n'a rien qui me déplaise. »

On dira que je pense en Daphnis au début, en républicain au milieu, en sujet fidèle à la fin.

Et puis après ? Le critique peut choisir et contenter
son goût.

On dira.....

On ne dira peut-être rien !

Ce dont serait surtout désolé

Votre

THE-RULE.

Rouen, 1er janvier 1869.

TABLE

Rouen. — Imp. E. Cagniard.

IMPRIMERIE E. CAGNIARD

ROUEN.